Kouta & Fukami
「他人の彼氏」

「どうしてって……だって、そんなたいした人間じゃないし。俺なんか……む」

　最後は、言葉にならなかった。

　唇を塞がれて。

　航太はぎゅっと目をつぶった。深水の唇が、自分のそれに重なっている。

（本文P.210より）

他人の彼氏

榊　花月

キャラ文庫

この作品はフィクションです。
実在の人物・団体・事件などにはいっさい関係ありません。

目次

他人の彼氏

口絵・本文イラスト／汞りょう

1

いい男とコーヒー豆なら、馬の鞍《くら》と交換してもいい。

初野航太《はつのこうた》の頭には、今、そんな言葉が浮かんでいる。

それが、大昔のテレビコマーシャルに使われていたフレーズであることには、おめでたくも気づいていない。

肩には、ずり落ちそうなショルダーバッグ。頭にはキャップ。

そして目の前には、度肝を抜かれるような男前。

いくらか垂れ気味の、くっきりとした二重まぶたが開かれ、物問いたげな目線をこちらに放っている。

フェロモンとかオーラとかセクシービームなども、いっしょに放っている。

自分は男だ。

相手も、男だ。

なのに、なんだろう。この、見つめられるだけでぞわぞわするような気持ち。

あまりにも男前すぎるから？

いや、きっと運命だからだ。

などという、航太の内に広がる思いなど、むろん知らないまま、その、フェロモン全開の顔のままで、

「なにか？」

言った声もまた、航太の耳には好ましいものだった。

「あ、あ、あの、あのっ」

問われて、自分がすっかり舞い上がっていることに初めて気づく。頭の中が真っ白だ。なにも意味のある言葉なんか出てきやしない。

という状態から、なんとか態勢を立て直し、自分を保ちつつ、

「俺、今日から入ったアルバイトの、初野航太っていいます。立志学院《りっしがくいん》大三年、もうじき四年……」

――ようやく出てきたのは、今、この場所においてさほど適切な科白《せりふ》ではなかったようであるが。

「？」

それが証拠に、相手は、なお訝《いぶか》しげに、航太を見つめている。それを聞くと、くすっと笑った。

どことなく憂鬱《ゆううつ》そうな、その笑顔。

「あのっ、あ、あ、あなたは？」

「――深水《ふかみ》さん」

新たな声が、割って入った。とても聞き憶《おぼ》えのある、なつかしい声だ。

「それ、あたしのツレです」

菊池亜沙子《きくちあさこ》は、ほとんど憤慨した、と言ってもいいような怖い顔で、航太を睨《にら》んでいる。

「キクちゃんの？　でも……」

深水と呼ばれた男が、まだなにか言いたげなのを制するように、

「今日、営業のほうに入ったばかりのバイトくんなんです」

亜沙子は、声だけでなく身体も、深水と航太の間に割りこませる。

「ああ、そうだった」

深水は笑った。

「キクちゃんの幼馴染《おさななじ》みとかいう……」

「はいっ！」

喜んで応じたら、亜沙子から思いきり臑《すね》を蹴飛《けと》ばされてしまった。

「い、痛《い》チ」

飛び上がった航太の耳を引っ張り、

「そんなわけで、ミュージック・ジャーナル編集部とはなんの関係もないヤツですから……お先に失礼します！」

「あ、ああ」

深水の、気圧《けお》されたような声。

「お疲れ――」

「さっ、行こ、コタ！」

まだまだ未練たっぷりの航太を、亜沙子はほとんど引きずるようにしてエレベーターのほうに向かう。

「ま、待ってよ、待ってよ、亜沙子――」

ぐいぐい引っ張られ、航太は我ながら情けない声を発する。

エレベーターが、ぐがあああんと降下してゆく。

「痛いってば」

航太の言葉など耳に入っていないというていで、そのままエントランスを抜け、社外へ。

極東《きょくとう》ミュージック社のオフィスビルを出たところで、ようやく、亜沙子は立ち止まった。

「なんなんだよう、もう」

航太は、やっとの思いで亜沙子の手を振り払った。怨《うら》めしい気持ちで、その顔を見下ろす。

「惚《ほ》れそうになったでしょ？」

まっすぐ見上げてきながら、亜沙子がやや意地悪そうに問う。

「うん」

なんの話をされているのかは、すぐに判った。

「あのね……」

天下の往来で、亜沙子はため息をつく。やってられない、という顔。なら、放っておいてくれればいいのに、

「あれは、ダメだから」

きっぱりと言う。

「ダメって？」

「だいたい男じゃないのさ。あんた、いつからそこまで見境なくなったわけ？」

「さっきから」

「莫迦《ばか》！」

天下の往来なのに、大声だ。

「あ、亜沙子、人が見てるから」

「誰が見てようが、かまわないわよ」

剛胆なのは、昔からである。

「それにしても、よく判ったよな。俺がくらくらきてたってこと」

「あんた以外の人間なら、誰だって判るわよ。あんたと、深水さん以外ならね」

「そんな鈍い人なの？」

「そういう問題じゃない」

勁《つよ》い調子で言われ、航太はまたしゅんとする。

「天然なのは、しかたないけど、誰彼かまわずすぐ好きになるその癖、なんとかしないと人生失敗するよ？」

「だって、すんげーいい男じゃん。男だってもさ」

それでも、言い返した。

「言われなくても知ってます」

「……。あ、まさかお前」

しげしげと亜沙子を眺め、思いついた。

「な、なによ」

亜沙子は、やや怯《ひる》んだように問う。

「自分が先にあの人に目をつけたから、後出しジャンケンはいくないっていう意味で、俺を牽《けん》制《せい》しようとしてる？」

「莫迦っ！」

また、怒鳴られてしまった。

「あたしがそんな、せこい女だって？　あんた、今までそういう了見であたしとつきあってきたってわけ？」

「そ、そんな。そんなことないよう。でも」

なぜ、深水を好きになってはいけないのだろう。

「――とりあえず、なにか食べましょ」

亜沙子はくるりと背中を翻す。

そもそも、バイト終わりに、いっしょに夕飯をとろうと約束していたのだった。

ダウンジャケットの前をかき合わせながら、航太はその背中を追った。

「なぜいけないかっていうとね」

その後、とりあえず入った近くのうどん屋で、きつねうどんを啜《すす》りながら亜沙子が教えた。

「うん」

航太は、カレーうどんだ。こちらもはふはふと啜りながら、話を聞く。

「あの人には、れっきとしたお相手がいるの、もう」

「……、うん」

あれだけの男前なのだ。そういうこともあるだろう……っていうか、それであたりまえだろう。

深水の、整った面《おもて》を描きながら、航太は納得する。

あの顔に惚れるのが、自分だけってことはないはずだ。

「二人はもう、長いつきあいで、一緒に住むかっていう話も出てるほどなの」

「うん……っていうか、結婚じゃなくて、同棲《どうせい》なわけ？」

当然の疑問だったが、亜沙子は砂つぶてでも受けたような顔をした。

「まあ、普通の男女なら、そういう話になるでしょうね。当然」

「普通の男女じゃないんだね」

「あんた、ほんとに納得して言ってる？」

「いや、全然」

「……。言うのやめようかな」

亜沙子は箸《はし》を止めた。

「いや、いや、言って言って」

深水のことなら、なんでも知りたいような気がしていた。

「っていうか、あんまり言いたくもないんだけどね……深水さんの恋人って、女じゃないんだよね」

「!?」

一瞬、意味が判らなかった。

女じゃなければ、男。

そういう道理を思い出してから、訊《たず》ねることになる。

「つ、つまり、深水さんていうのは、げ、げ、ゲイ……」

「しっ。声がでかい」

航太は周章《あわ》てて首を縮めた。四方を見回す。会社帰りのサラリーマン。学生。アルバイター。皆、それぞれの思惑によりそれぞれの希《のぞ》むところのうどんやそばを、それぞれのスタイルで食っている。店内には、かなりの音量のBGM。二人に注目しているような者は、さしあたっていなさそうだ。

「誰も聞いてないよ?」

で、言った。

「あたりまえでしょ、莫迦」

また「莫迦」だ。航太は丼《どんぶり》に身をかがめつつ、亜沙子を上目に窺《うかが》う。

「そこらへんに、どんな事情や経緯があるのかは知らないけど……でも、男であれ女であれ、売約済みっていう点では同じなの。判る? あたしが言ってる意味」

「……うん」

「今さら、それもあたしの紹介で同じ会社で働くことになったあんたに、お二人の仲、引っ掻《か》き回されたくないわけ」

「……うん。っていうか」

航太は、顔を上げた。

「べつに引っ掻き回そうなんて、考えてないよ？　俺はただ、あの素敵な人と同じ屋根の下で働けるんならラッキーっていうか」

「そんなことを言って、一つの、うまくいってたカップルを毀《こわ》したのは、どこのどなたでしたっけ？」

「……」

おそらく、四年前のあの事件のことを言っているのだろう。

それに関しては、自分が悪かったとしか認めようのない航太だ。きれいなものが大好き。きれいな人が好き。好きになるだけなら、自由じゃん。誰にも、誰かが誰かを思う気持ちを制限する権利なんてない。

という、一見正論を通したがために迷惑をかけた、何人かの友人。

いや、もう彼らは「友達」だなんて思ってくれてもいないかもしれないけど……。

亜沙子とは、幼稚園からのつきあいだ。四月生まれの亜沙子と、三月生まれの航太。ほとんど一歳離れてはいるが、同級生であることに変わりはない。

同じ幼稚園の後は、同じ小学校、中学校、高校を経て、大学三年生の今に至るまで、同じ学舎で苦楽をともにしている――というのは大げさでもなんでもなくて、同じ学部の同じ学科。

さすがにゼミまではいっしょじゃないが、この分で行けば、いっしょに大学を卒業することになる。就職先が同じかどうかは、今の段階では判らない。

という、非常識なまでに関係の濃い幼馴染みは、また、航太が生まれてから今に至るまで、繰り返してきた恋愛事件の一つ一つを、全《すべ》て把握している。

つまり、タイプとみれば片っ端からアタックし、玉砕したり慰められたり、うまくつきあうところまでは行ったものの、結局ふられたり——ひとの彼女にまで手を出したり。

そういう、将来的に見ればお笑いぐさを全部、見られているということだ。

その件で、亜沙子にはずいぶん世話になっている。

いや、迷惑もかけている。

だから、亜沙子が釘《くぎ》を刺したくなる気持ちも、まあ判らなくはない。

惚れっぽくて、好きになったら一直線。

そんな幼馴染みは、やっぱり時に迷惑なんだろうし。

過去の失敗は、航太自身にも疵《きず》を残してはいる。

だが、何度も繰り返し思い悩むほどでもない。

そんな、懲りない性格が災いして、またも過ちを重ねることを、亜沙子は危惧《きぐ》しているのだろう。

「でもべつに、素敵だなーと思って見てるぶんには、いいよね？」

航太は、窺うように言った。

亜沙子は、そんな航太をじろじろ眺め回し、はあっとかなり芝居がかって嘆息する。

「見る機会なんか、ないでしょうけどね」

次いで、つんとした。

「深水さんは編集部、あんたは営業部。ただのバイト風情《ふぜい》には、接点なんてないも同然ですから」

まるで、深水に惚れた航太が、用もないのに編集部に顔を出すことを見越して、今から牽制しておくというふうに言った。

亜沙子には、かなわない。

けれど、亜沙子が心配するようなことはない、と思う。

いくら美人だなんだといったって、相手は男なのだ。

見境なしのケダモノ、と言われたことはあるが、さすがに獣と同性に惚れたことはない。

亜沙子が心配するほどのことでもない……と思う、たぶん、きっと。

ただ、いい男なら馬の鞍と交換してもいいぜ、と思っただけだ。

と、考え、そこでようやく、それは昔、テレビで聞いた一節だということに気づいた。

あれ、でも、なんのコマーシャルだったっけ？

思い出せないが、思い出せなくてもどうということはない。

ただ、美しいものは美しいというだけだ。

真新しいパーカーに、カレーの汁を飛ばしてしまった。

新しいものは好きだが、さすがに新しい服のしみ、までは好きになれない。

帰宅後、航太はバスルームに直行し、パーカーを脱いで洗濯籠《かご》に突っこんだ。

「あら、お帰りなさい」

その後、ダイニングに入ると、母親はデザートらしい皿を片づけているところだった。

父親と、兄の玲一《れいいち》は、リビングでテレビを見ている。

「航太も食べる？　福島《ふくしま》のおばあちゃまから届いたりんごなんだけど」

「うん。食べる」

航太は、食卓の自分の席に着いた。母親は、対面キッチンでりんごを剝《む》きはじめる。

「どうだったの、アルバイトのほうは」

問われて、

「うん。まあまあ。ていうか、初日だしコピー取りぐらいしか仕事なくて」

正直に答えた。

「なにかしでかしたり、しなかっただろうな？」

父親がソファから身体を捻《ひね》ってこちらを見た。

「う、うん。まあ——だいじょうぶだったよ」

実際、斜めになったり色が濃すぎたりと、「その程度」の仕事でも、失敗しなかったわけではないのだが、見栄《みえ》というものがある。

「なにがだいじょうぶなんだか」

玲一がくすっと笑う。

「そうだ、欲しがってたDSのソフト、うちの学校の近所で売ってたから、買ってきたぞ」

思い出したようにつけ加えた。

「マジ!?　いくらだった?」

航太は床に置いたバッグを引き寄せながら言った。

「いいよいいよ、お前から金取ろうとは思わん」

「えっ、でも金ないわけじゃないよ、俺。バイトもはじめたし」

「いいから。その貴重な金は、自分のためにとっておけ」

四つ歳上の玲一は、医大を卒業して、現在研修医として母校の付属病院に勤務している。あり余るほど金があるわけでもないだろうが、ただの学生よりは持っている。

「ほんとに?　わーい、ありがとう兄ちゃん」

「まったく、玲一は航太に甘いんだから」

母親が苦笑している。

「コタにはみんな、甘いだろ。家族だけじゃなく」

「そうそう、亜沙子ちゃんに迷惑かけるようなこと、してないでしょうね？」

「えっ、してないよ」

反射的に深水の顔が浮かんだが、航太は胡麻化《ごまか》した。

「ほんとに、来年は四年生だっていうのに、新しくアルバイトなんか始めちゃって……だいじょうぶなのかしらね」

「自立心を養うのはいいことだ。航太も二十歳になったんだし、少しは社会勉強をしておくのもいいだろう」

「そりゃまあ、そうですけど……航太が社会勉強ねえ……」

母親の中では、航太はいつまでも、手のかかる小さな息子のままなのだろう。

役所勤めの父親と、専業主婦の母親、そして医者の卵である兄。

特別なところなどない、どこにでもある、いたって平凡な家庭。

この家に生まれ育って、航太はもうじき二十一歳になる。二十一になってすぐ、大学生活も四年目に突入だ——うまく進級できればの話だが。

「後で部屋来いよ。ソフト渡すから」

玲一が立ち上がった。一刻も早く手にして、プレイしたいところだったが、母親がせっかく剝いてくれたりんごを放置して飛んでゆくわけにもいかない。

それでも周章てたせいで、欠片《かけら》を喉《のど》につまらせてしまった。ぐえ、うえ、むせながら胸を叩《たた》く航太の背中をとん、と押し、

「あほかお前は。りんごを喉につまらせていいのは、白雪姫《しらゆきひめ》だけだぞ」

玲一は笑いながら、二階へ上がってしまった。

なんとかりんごを吐き出し、残りを載せた皿を持って、航太も二階へ向かった。

玲一の部屋でソフトを受け取り、飛び跳ねながら向かいの自室に入る。玲一は、新しいガールフレンドからプレゼントされたという手編みのマフラーも、ついでに弟に与えた。

こういったことは、べつだん珍しくもない。バレンタインデーのチョコレートに始まって、玲一は、関心のない女たちからのプレゼントはいつもこうして「処理」している。

無情だと誇《そし》られるのもしかたのない話だが、チョコレートも手編みのマフラーも、自分には必要ないと判断した結果である。甘いものと、綿製品以外の衣類を好まないのだ。

それに、玲一ぐらいしょっちゅうそんなプレゼントを受けていれば、そのすべてをありがたがるというわけにもいかないらしい。

自分なら、たとえシャープペンシルの芯《しん》一本でも嬉《うれ》しいんだけどな……。

たしかに、玲一は昔からよくもてた。

医大生とか研修医とかの肩書きを得る以前の、就学時よりその歴史ははじまっている。

肩書きがついてからは、なおさらだ。

弟の目から見ても、納得できる。顔よしスタイルよし頭よし。容姿端麗、学術優秀。……性格がいいのかどうかは微妙だが、弟に優しいぐらいだから、好きになった女の子に対しては、非情ぶりを発揮したりはしていないのだろう。

それに較《くら》べて弟のほうは……と親戚《しんせき》や兄弟を知る他人が言っているのも知っているが、べつだん航太はそれで玲一にコンプレックスを抱くこともない。それどころか、兄ちゃんは世界一かっこいいと思っている。

いや、今日までは、の話だが。

兄ちゃんよりかっこいいと思える人がいた。

深水の顔が、脳裏に浮かんでいる。

惚れっぽくて冷めやすい、すぐに誰かを好きになる自分の性質は把握してはいたが、まさか男相手にそれが適用されようとは思ってもみなかった。

いや、たしかに、すんげー男前！　とは思ったし感動したが、好きになったかどうかはいまひとつ判らない。簡単に好きになり、好きになったら猪突猛進でアタックする航太にしてみれば、珍しく迷いを感じる物件だ。

それはやっぱり、相手が男だからなのだろうが、好きになるのに性別や種の違いなんか関係ないと思っているのもまた、事実。

亜沙子にさんざん言い含められたにもかかわらず、深水を思い出してぽーっとしている。

そんな自分に気づき、さすがに後ろめたさをおぼえた。

あの人には、ちゃんと恋人がいるのだ。

そう聞いても、あんまりショックじゃないのは、べつにそれほど好きになったわけじゃないからなのかなあ。

いや、その恋人が「彼女」じゃなく「彼氏」だという点に、じゃあ自分でもなんとかなるかも、とか思っていたり？

いやいや、べつにそんな、横取りしようとかいうわけじゃ。

いやいやいや、そんな、あんないい男が俺なんかに振り向くことはないから。

しかし、同じオフィスの屋根の下で働いているからには、愉《たの》しいこともきっとあるに違いない。

それがどんなことなのかはまだ、判らないけど愉しいに違いない。

暢気《のんき》にそんなことを思い、航太は明日からのバイト生活を心に描いた。

2

極東ミュージック社は、音楽出版社としては業界大手に数えられる優良企業である。親会社である『極東レコード』は、傘下に出版社をはじめ、芸能事務所やスタジオ、ゲームソフト会社などを擁し、ライバルである最大手、『ＡＭＳレコード』に迫る勢いだ。

マスコミ志望の幼馴染み、菊池亜沙子がアルバイトを始めたのは夏休み前のことである。もうすぐ半年になるところだ。

会社の性質上、極東レコード所属の人気アーティストの新盤を、試聴盤の状態で持ち帰ったり、新しい音楽ゲームのソフトをいち早く手に入れたり。

亜沙子を通じて、何度かその恩恵にあずかり、そんな彼女を羨《うらや》んでいたら、今月はじめ、ちょうど営業のアルバイトの契約が切れるから、よかったらくる？　と亜沙子から打診された。

一も二もなく飛びついて、月半ばに面接を受けた。亜沙子の紹介だからというので、ほとんど無条件で採用された。持つべきものは、優秀な幼馴染み、というわけだ。

バイト二日目、航太は、社員食堂にいた。

焼き魚定食をトレイに載せ、うろうろしていたら、

「初野くん？」

後ろから声をかけられる。

あ、なんか聞き憶えのある声、と振り返ると、そこにいたのは深水だった。

「！　あ、ふ、ふ、深水さん」

トレイを取り落とさなかっただけでも、ありがたい話だ。周章てる航太を見てなにを思ったか、深水はにっこり笑う。

あ……あの笑顔だ。

どことなく憂愁を帯びた、翳《かげ》のある表情。

「一人？　よかったら、ごいっしょしようか」

その上、気軽に誘ってくる。なんという幸運。いや強運。

「あ、は、はい」

結局、向かい合わせでテーブルについた。深水も同じ、ぶりの照り焼き定食を選んだらしい。

「今日は、学校休みなの？」

箸をとりながら、深水が訊ねる。

同じように箸袋から割り箸を出し、航太はいただきます、と手を合わせた。

気がつくと、深水がじっとこちらを見つめていた。驚きとも感心とも興味深げだともとれる

が、結局そのどれでもなさそうな、微妙な顔。

「あ？　あ、ああ」

あわあわしたあげく、質問されたのを思い出した。

「水曜日は、四コマめしかないんす。ゼミだから、休むわけにもいかないけど」

なんとか答えた。

「ああ、三年生だものね……というか、必要な単位はほとんどとっちゃったって感じ？」

「は、まあだいたいは……」

成績優秀だなどと言うつもりはもちろんないが、とりあえず今まで、単位を落としたことだけはない。

『おバカなくせに、肝心なところだけはしっかりしてる』と、亜沙子も認めるところだ。

「そう。すごいな。俺なんか、ドイツ語四年間やったけどね」

深水は笑う。

「そ、それはその……勉強は、たくさんすればするほどいいと思います」

言ってから、まったくフォローになっていないことに気づいた。

ぎょっとした。だが深水はいっそう愉しげに笑っている。

……いい、のかな。まあ。

愉しいなら。

「でも、来年四年生でしょ？　就職活動しなくていいの」

笑いやむと、真顔で問うた。

「就活はまあ……ぼちぼち」

なにも考えてはいない。

「菊池さんなんかは、編集者になりたいと思ってるみたいだけど、初野くんはそういう夢とかは？」

「あ……いや、べつになんでも、っていうか、俺なんかを雇ってくれる会社があるんなら、そこで」

ぼちぼちと答えたのが嘘だったことを、即行で露呈してしまう。航太は自分が情けなくなってきた。

「雇う会社は、あるでしょう。それは、いくらでも」

深水は、ぶりの身を器用にむしった。

「や、いくらでもってことは……俺莫迦だし」

今日も朝から、コピー機に紙を詰まらせたばかりだ。

失敗を思い出し、憮然《ぶぜん》とする。

しゅんとしてしまった航太を気の毒に思ったのだろう。深水は、

「いや、莫迦ってことはないだろう。立志学院はりっぱな大学だよ？」

慰めるように言う。

「や、そういう、勉強とかの出来不出来じゃなくて……なんというかもっと、こう、人間の本質的に……」

言っているうち、さらに落ちこんでくる。航太は箸を置き、ため息をついた。

「うーん。人間の本質ときたか。でも、そんなのだったら、俺だってそれこそ莫迦だよ、きっと」

「い、いえっ！　いえ、深水さんはそんな。莫迦なんかじゃありません！」

ぶんぶんかぶりを振る航太に、深水は柔らかな笑顔を向ける。

「ほらね。莫迦じゃないと思ってくれる人が一人でもいる限り、誰も莫迦なんかじゃないんだよ……その時々の出来事や、物事の対象によって、莫迦な時もある、ってだけ」

「はあ……」

判ったような、判らないような。

だがともかく、うまく丸めこまれてしまったことはたしかみたいだ。ほら、もう哀《かな》しくない、莫迦だって。

気を取り直し、航太は大根の桜漬けを口に運んだ。

ぽりぽりと嚙《か》みつつ、知りたい情報を得ようと深水を質問攻めにして、誠司《せいじ》という名であること、三十三歳で独身であることなどを訊《き》き出す。

独身だけど、「売約済み」なんだよな……思うと、複雑だ。

深水は、漬物が苦手なのだそうだ。

「あのしゃりしゃりした歯ざわりが厭《いや》なんだよね。同じ理由で、りんごも」

「えー。うまいっすけどね、りんご。福島の親戚から毎年二箱送られてくるんですけど、四人家族で、ぼけないうちに食いつくしちゃいますよ」

「四人家族なんだ……お兄さん？　お姉さん？」

「……兄ですけど、なんで？」

そんなことが判るのだろうかと思ったが、

「だって、きみ、どう見ても末っ子だもの」

ということらしい。

「はは、しっかりしてないですからねー」

情けない笑い声だと、自分でも思う。

「そういうことじゃなくて」

深水は真顔で言う。

「あったかい家庭で、家族に労《いたわ》られて成長してきたんだろうなって感じがするからさ。自分がそういうのと縁がないから、よけいそう思う」

深水は、どこか物哀しい表情である。

「……」

なんとなく胸を衝《つ》かれ、航太は深水の育ってきた環境について想像した。

「ま、漬物とそれは、なんの関係もないけどね」

すぐに笑顔になって言う。

ということで、深水の香の物の小皿は、航太のトレイへと移動することになった。

なんだかすごく親しくなったみたい？　家のこととか話しちゃったりして。

——などと、都合のいいことを考えていると、隣できゃっという小さな叫び声がした。

視線を向けると、若い女子社員が、テーブルの上でトレイを派手にひっくり返したところだった。運んできて、つまずいたらしい。

あー、俺みたいなOLさんもいるんだ。

思い、そんな場合じゃないと考え直した時には、もう深水が立ち上がっていた。

「だいじょうぶ？　広石《ひろいし》さん」

声をかけながら、ポケットからハンカチを取り出す。具の散らばった味噌《みそ》汁の上に、止める間もなく広げる。

「す、すみません、深水さん……」

恐縮する彼女に、いやいやと笑い、それ以上の手出しをせず戻ってくる。

優しい人なんだ。

その優しさは、押しつけがましいものでも、おためごかしで親切ぶっているわけでもなく、深水の内面から出てくるものなのだろう。相手を、必要以上に恐縮させないための気遣い。

なんだか嬉しくなってしまった。

こんな人もいるんだなあ。

やっぱり好きだと思った。その想いが不毛なものだと気づいたのは、昼食を終えて食堂を出た後だった。


「それであんた、そのまま極東ミュージック社員食堂名物、蕎麦《そば》ソフトを深水さんにおごらせたってわけ？」

亜沙子の咎《とが》めるような口調に、航太はだって、といいわけをした。

「おごってくれるって言うしさ。おいしいね、蕎麦のソフトクリームなんて、味想像できなかったけど、蕎麦茶みたいでうまかった」

「普通、想像つきそうなもんだけどね……たしかにあれはうまい」

帰りしな、編集部に顔を出した。不純な動機によるものであることは、言うまでもない。

だが、深水はおらず、ソフトクリームの礼は亜沙子を通して、外出中の深水に伝わることになる。

よこしまな心は、どのみち通じないと知った。亜沙子はまだ仕事が終わらないと言い、航太に雑誌の整理を手伝わせている。一階上のフロアにある書庫。

手を動かしながら、亜沙子は航太の、のろけともなんともつかない幸せ話を聞いていたが、人が舞い上がっているさまは、他人から見ればやはり「バッカみたい」なものなのだろうか。

肩を竦め、

「ま、あんたって昔っからちゃっかりしたところあるし、相手の懐に飛びこむのがうまいからお得な人生よね」

厭味を言う。

「全然得じゃないよ。だって、優しくされたって俺のものになる人じゃないもん」

創刊三十周年。月刊の音楽批評誌としてはもっとも歴史のある『ミュージック・ジャーナル』のバックナンバーは、気が遠くなりそうなほど大量だ。

「判ってんじゃん」

亜沙子は、鼻で笑った。いや嗤《わら》った。

「さすがにあんたも、人のものには手を出さないことを憶えたみたいね。偉い偉い」

「……。莫迦にしてんだね、亜沙子」

「ええ」

「……」

「莫迦にされたくないんなら、行動は慎みなさい」

亜沙子は、女教師よろしい口調で言う。

姉さんぶって……航太は、横目にそんな幼馴染みを見た。

「なにさ」

「あんまり上から目線でびしびしやっちゃ、かわいげのない女だっつって、もてなくなるよ?」

とたんに、びしゃっと頭をはたかれる。

「痛チ」

「よけいなお世話よ」

亜沙子は、頬《ほお》をふくらませている。


学生課の前で、掲示板を見るともなしに眺めていると、後ろから声をかけられた。

「よう、コタ」

同じゼミの上林《かんばやし》だった。黒いセルフレームのメガネに、アクアスキュータムのブレザー。丈の短いトレンチコート。

この、現代日本の最高学府において、服装について確固たる趣味を守っている男だ。

「なに。バイトでも探してんの」

なりこそ伊達者《だて》だが、中身まで気取っているわけではない。上林は航太の横に並んで立つと、同じように掲示板を覗《のぞ》きこんだ。

「や、バイトはもうやってるから」

「そうだってな。菊池さんの紹介なんだろ？」

バイトを探しているのかと訊いたのは形式上だけのことで、本当は亜沙子の話をしたいのだ。横浜《よこはま》の山手育ちのオシャレ男は、入学以来亜沙子に懸想《けそう》している。

亜沙子はといえば、まったく意識にもとどめていない。「男のくせに、服に一万円以上かけるようなヤツはノーサンキュー」と、けんもほろろの扱いだ。

ならば、服装をあらためればいいだけの話なのだが、

「こないだ合コンに誘ったら、『間に合ってます』ってさ……」

あはは、と上林は情けない笑い声を上げる。

それでも、アイビーをやめる気がないのだから、それはそれでかなりの強者だ。

「間に合ってるんだってさ……とほほ」

「だから、いつも言ってるように、その恰好《かっこう》をやめればすむことだと思うんだけどな」

なんと声をかけてやればいいのか判らず、航太は何度も繰り返したことのある言葉を吐いた。

するとと急にきりっとした顔になり、

「いや。これは、俺のアイデンティティだ。絶対やめない」

上林は力強く言うから、アイビーか亜沙子かどっちかひとつだけ選べばすむだけの話なので
はないかと、航太は思う。

「いいよなあ。お前は。幼稚園からの幼馴染みで、バイトまで紹介してもらえるような仲で
……あ」

思い出したように、友人は顔を上げた。

「そのバイト先だけどさ。『ミュージック・ジャーナル』の編集部だってホント？」

「亜沙子はね。俺は営業だからあんまりかんけ……」

「そこに、いい男とかいるんじゃないのか!?」

航太の所属先などどうでもいいらしい。上林は、詰め寄ってくる。

「えっ？」

反射的に頭の中に浮かんだのは、深水の顔だった。

「いるのか」

「いや……おじさんばっかだよ。たぶん」

深水がいくらいい男だろうが、亜沙子をひっさらっていかれる心配だけはない。

ということを、まさか教えるわけにもいかず、航太はあいまいに笑った。

「オヤジか……でもなあ、菊池さんて歳上のほうを好みそうだからなあ……それもかなりの。

で、マスコミ志望だし……」

それならいっそう、自分には希みがないことを悟ってあきらめればいいのになあ。

思うが、今までみたいに、不毛な恋に悩む男に呆《あき》れたりということにはならない。

自分もまた、不毛な想いに支配されているからだろうか。

「カンちゃんも、どっかの雑誌の編集部にもぐりこんだりすればいいんじゃね？」

それで、具体的なアドバイスをすることにした。

「そうすりゃ、亜沙子にも多少注目されるっていうか……かなり見られ方が違ってくるんじゃないかなあ」

「なるほど！」

上林はにわかに目を輝かせた。がっしと航太の手を摑《つか》んでくる。

「そうだな。そういう手があった」

っていうか、今まで一度も、そこに思い至らなかったのだろうか。迂闊《うかつ》だ。

「――って言われても、出版社にコネなんかないし……」

航太の手を握ったまま、また急にしぼんでゆく。

「そこでここの求人だよ」

航太は、横目に掲示板のほうをさした。

「なに？　どっかの編集部でバイト募集してんの？」

「や、編集部じゃなくて秘書課だけど……」

「秘書って、バイトでもできるような職種なのか？」

「さ、さあ……でも、求人してるんだから、バイトじゃだめってことはないんじゃないの」

無責任に請け合うと、上林は航太の手を放し、らんらんと掲示板を覗きこんだ。

「……時給要相談、業務時間要相談、有休年休要相談……って、要相談ばっかかよ！」

「ま、まあ。がんばれ」

航太は友人の背中を叩くと、足早にその場を離れた。

「おい、待てよー」

上林が追ってくる。

「なに、申しこまないの？」

「なんか信用できん。ていうか、次の社会学出るんだろ、コタ」

「うん。終わったらすぐバイトだから、合コンは行けないよ」

「ってまあ、きっぱりと……お前……」

歩きながら、上林が怪しむような目を向けてきた。

「まさか、そのバイト先でいいおねーちゃん見つけたとか？」

「えっ？」

「だって、コタが自分から、誘われてもいない合コンを断るなんて……あの、常に新しい出会いを求め、真実の愛を希求してやまない恋愛ハンター・初野航太が」

「そ、そんな肩書きがついてるんだ……」

航太は苦笑した。

「で？　いるの、いないの。素敵なお姉さま」

上林は興味津々といった様子で訊ねてくる。

「うーん……今のところはまだ……」

もちろん、深水のことなどおくびにも出してはならない。自分がゲイかもしれないと、生誕二十年を経て突然気づいた、なんていうことは。

一生言わないかもしれない。もしかしたら、その対象になるのはたった一人の男だけかもしれない。深水本人に告げるのでない限り、自分の気持ちが誰かに知られることはない。

そして、今のところ深水に告白する気はない。どうせムダだと判っているし、亜沙子から釘を刺されてもいる。

なにもそんな、噛んで含めるように言わなくたって、知っている。

昨日のできごとを、頭に浮かべた。

帰りのロッカーで、偶然深水といっしょになった。

その瞬間、ぴきーんと心臓が跳ね上がった航太だったが、深水はなにも気づいていないかのように、穏やかに帰りの挨拶《あいさつ》をよこす。

『も、もう上がりなんですか……？』

編集者というものは、もっと夜の遅い仕事だと思っていた。

『ああ。たまにはこういう日もあるよ』

もしかして、接近するチャンス？

一瞬悪魔が胸に忍びこみかけたが、そこいらでお茶でも、という言葉を呑《の》みこんで、航太は、

『あー。じゃ、デートだったりして？』

自分でも、よけいなことだったと思う。

いや、深水を怒らせたとか、そういうことではない。

照れたように笑って、『ああ』と肯《うなず》く顔なんか、見たくなかったのだ。

デートなんだ……。

腰が抜けたようになって、へなへなとそこにへたりこみそうになるのを必死で持ちこたえ、

『あはは。いいなあ、デート……がんばって下さいねー』

……自分の軽薄さが疎ましい。なにを『がんばる』っていうんだ。

いやそれはまあ、あんなことやこんなことを、なんだろうけど。

あらぬ想像までしてしまい、口は禍《わざわい》のもと、そう知った。

深水に恋人がいることを、他人からではなく本人の口から聞かされたも同然だった。

これが、へこまずにいられようか。

出版社という、マスコミ業種のせいだろうか。何時に出社しようが、挨拶《あいさつ》はつねに「おはようございます」である。

最初のうちは抵抗を感じたものの、三日もすれば航太《こうた》も馴染《なじ》んでしまった。

3

「おはよーっす」

元気に声を出しながら営業部のフロアに入ってゆくと、商談コーナーの前で客を送り出していた部長の柏木《かしわぎ》が、

「おはよう」

いち早く応じてくれた。

部長といっても四十を過ぎたばかりで、外見はその年齢よりもさらに若く見える。

明朗快活の、好男子。ややお調子者の影が見え隠れするものの、仕事はできるというギャップが、かえって親近感を周囲に与えている。

「おはよう初《はつ》ちゃん。さっそくだけど、昨日書いてもらった伝票、全部間違ってたから書き直

して」

自分に与えられた席に着くやいなや、隣のデスクから進藤葉子《しんどうようこ》がばさばさと書類を航太の机に積み上げた。

「ええっ!?　全部？」

「そう。一枚残らず」

メタルフレームのメガネの奥で、理知的な眸《ひとみ》がいたずらっぽく耿《ひか》っている。

「っていうかね。収入伝票と支出伝票が逆なんだわ」

「！」

「この赤い縁取りのが、入金。そして、紫のほうが、出金」

「あっ」

たしかに、そう説明を受けた。

どこで間違ったんだろう……と思ってみても、一枚残らず正しくないということは、最初から間違っていたということだ。

「すいません……俺、不注意で……」

航太はうなだれた。

そこへ通りかかった、青野《あおの》という営業部員が、

「おっ。進藤が初ちゃんをいじめてる」

冷やかすような声をかけた。

「まっ！　いじめてなんかいません！」

「い、いじめられてなんていません！」

二人同時に反論し、青野を爆笑させる。

「それに、俺が莫迦で失敗したんだし……怒られてもしょうがないです。なんか俺……こんなんばっかで役立たずで」

その後、航太はあらためてしょんぼりした。

「だいじょうぶ。急ぎの仕事じゃないし、初ちゃんが熱心に仕事憶《おぼ》えようとしてるのは判ってるし。それに、じゅうぶん役立ってますから」

進藤が請け合った。

「？」

「オフィスに笑いと潤いを与えてるってこと」

青野が肩を叩《たた》いた。

「笑い、って……」

それはやはり、自分のミスが笑いものになっているということではないか。

「莫迦にしてるんじゃないのよ？　初ちゃんいるとなごむし、会社でこんなにほのぼのさせられるとはね。私はかなり、癒されてますから」

「はあ……」

喜ぶべきなのだろうか。複雑だ。

「私も相当、癒されてますよ」

言いながら、柏木が脇《わき》を通ってゆく。通り過ぎしな、航太の頭をくしゃっと摑《つか》んだ。

「ほら。部長のお墨付き」

「……はい」

それなら、これでもまあ、いいのかな。とたんに元気になれる自分は、つくづく単純だなあと思う。

しかし、なんでもないことによって、人は感動させられたり癒されたりするわけで、こんな自分がここで働いているのも、なにかの役には立っているわけだ。

おそるべきポジティブシンキングで、航太は失敗を乗り切った。

業務が終わり、航太は「お先に失礼します」と立ち上がる。

「はい。また明日ね」

進藤の声に送られて、フロアを後にした。

エレベーターの階数ボタンは、しかしロビーではなく編集部のある階だ。

不純な動機によるものではない。

今日は、れっきとした用事がある。

いや、ついでに深水《ふかみ》の顔が拝めれば、それはラッキーだけど。

という考えが頭にある以上、やっぱり不純なのだろうか。

そのせいで、今日も顔見られなかったりして……。

不吉な予感を払いのけるように、頭を振った。

結論から言うと、不純なほうの動機も満たすことができた。

ミュージック・ジャーナル編集部の、まさにその入り口のところに深水の姿があった。

一人ではなかった。

ショートカットのすらりとした女が、寄り添うように立っている。

「初野《はつの》くん」

深水が、親しげな笑みをよこした。

その声につられるように、後ろ姿の人が振り返った。

ぎょっとした。女ではなかった。男だ。

それも、相当なレベルの……というのは主に、いやすべてにおいて容姿を指すのだが。

ちょっと見たことないくらいの美形だ。小づくりな顔に、完璧《かんぺき》なパーツが完璧な意匠でもって配置され、完璧な美貌を形成している。

とはいえ、航太の好きな顔ではなかった。

いかにもとりすました、冷たい美貌。

跳ね上がった眉をきゅっと寄せ、男は航太に値踏みするような視線をくれた。

「深水の知り合い？　社会人には見えないけど」

容貌に似合いの、冷ややかな声だった。

それで、彼が誰であるかが判った――と思った。

深水を呼び捨てにするような男は、亜沙子《あさこ》の言っていた「彼氏」に違いない。

もしかすると、仕事の上で優位に立っているような相手というだけかもしれないけど――航太は氷の麗人から目を離し、編集部内に亜沙子の姿を捜した。

「キクちゃんなら、お使いで外に出てるよ」

航太の目的を見てとったように、深水が教えた。

「あ、そ、そう、ですか……」

「急用？」

「いや、ただノートを……」

ただ質問に答えているだけなのに、男からじっと観察されているような気がしてならない。

航太は自分のつま先に視線を落とし、もじもじとした。

「ノート？」

「クラスがいっしょの講義があるんす……あいつ、今日サボったから」

「キクちゃんが？　なんだ、案外不真面目なんだなあ」

「や、いつもってわけじゃなくて——たまたま。それに、今はバイトが一番愉《たの》しいみたいだし、もうじき冬休みだし——」

しどろもどろに弁護し、深水の眸に面白がるような色を認めて口を噤《つぐ》む。

冗談を言っただけだと、その顔で判った。

最悪なボケだった。というか、むしろつっこむべきだったのだろうか。でも、なんて言って？

「キクちゃんて、あの髪の長い気の勁《つよ》そうな娘《こ》？」

「きみに言われたくないだろうよ、ハナダくん」

ハナダ、という名らしい。

「どういう意味だよ」

美貌の人は、不機嫌そうに言い返した。

「俺、今回はしめきり守っただろ？　あんたに文句言われるようなことはなにひとつ——」

「判った判った」

こんなやりとりには馴れているのだろう。深水は手で相手を制する。

そんなかけあいが、やっぱり深い仲を感じさせる。片想いも恋愛のうちに入れれば、経験豊富な航太である。

「あ、こちらは作家のはな——」

「幻想小説家！」

「幻想小説家の、縹瑞希《はなだみずき》先生。うちの雑誌にコラムを連載してるんだけど、知ってるかな」

癇《かん》性な訂正に苦笑しながら言われても、どのみち知らない名前だった。

だが、深水が自分を置いてけぼりにしなかったのが嬉《うれ》しい。

思わずにまっとしてしまい、縹と紹介された男の、刺すようなまなざしに気づきはっとする。

「す、すいません。あの——」

「いいよ。どうせ読んだことないんだろうし」

莫迦と言われた気がして、さすがにむっとしなくもない。

それでも、へへと笑って、

「すいません。不勉強なもので」

「違う違う、コラムのほうの件だよ。そうでしょう？」

深水が割って入った。

フォローしようとしてくれている……航太の胸に、また小さな灯《あか》りがともる。

縹はまた眉を上げたが、途中で気が変わったらしく、ふんと鼻を鳴らした。

「まあ、そういうことにしといてもいいけど？　で、この場違いくんはなんなの」

あまりな言われよう。そうでなくてもへこみかけている時に、さらに頭を押されて氷水の中に突っこまれたみたいだ。

「彼もうちのバイトですよ」

深水の言い方は、あくまで物柔らかだ。

「バイト?」

「営業のほうだけど」

「営業? ——柏木さんのところ?」

雑誌に書いているという話だが、営業部にも知己があるのだろうか。

繧は、ちょっと考えるようなふうを見せたが、ふうん、とすぐに興味を失ったていで言った。

「ただい……あれ、コタ。どしたの」

亜沙子が戻ってきた。水色のダッフルコートを腕にかけ、頬《ほお》を赤くしている。外気の冷たさを想像した。

「ノート。社会心理学の」

とっとと用件をすませてしまおうと思う——まだ、深水を見ていたいけど。

「あら。いつもありがと」

亜沙子は、航太がごそごそバッグの中から出した、クリアケースを受け取った。今日の講義のコピーが入っている。

「いつもありがと、って」

繧が呆《あき》れたように口を挟む。

「お前、そんなにサボってばっかりいるわけ？」

航太よりもよく知っているのであろう亜沙子には、さらなる乱暴な口のききようだ。

「っていうか、彼が真面目すぎるんですよ」

亜沙子はなんでもなさそうに返した。ただし、そっけなく。

「風邪で、三十八度熱があっても、マフラーぐるぐる巻きにして学校にくるし」

「へえ」

言ったのは深水だ。

意外そうな視線を向けられ、航太はいっそういたたまれない気分である。

「ふうん。人間誰でも、一つぐらいとりえがあるっていうけど、ほんとらしいな」

縹は、またも憎まれ口をきく。

「――気にしなくていいよ。こう見えて悪い人じゃないから」

深水は、なにか言いたげに縹を見たが、すぐに航太に視線を戻すと、言った。

「おい。判ったふうなことを言うなよ」

縹はあくまで、深水を見下ろす視点らしい。

それでいて、どことなく甘えるようなふしも窺《うかが》える。

やっぱり、二人はそんな間柄なのだろうと、彼らの関係を推し量った。

「そうだ、初野くんもいっしょに行かない？」

深水の次の言葉に、航太ははは？　と首をかしげた。

「これから、飲みに行こうと思ってるんだけど。そうだ、キクちゃんも」

「おい」

「え、いいんですか？　っていうか、こんなの連れてってもなんの得にもなりませんよ」

自分なら「得がある」というのか。航太は亜沙子を、横目に睨《にら》んだ。

「いいよいいよ、人数多いほうが愉しい。どうせ先生のおごりだし」

「なに言ってんだよ！」

縹が鋭い声を発する。

「俺はべつに――」

「もちろん、弊社の交際費として落とさせていただきますよ」

新たな声。

「柏木部長……どうしたんすか」

啞然《あぜん》として、航太はにこにこしている柏木を見た。

「いや、なに。帰りがてら、お使いにね。そしたら、なにやら愉しげな計画が耳に入ったものだから」

「……」

さすがに部長クラスに対し、迷惑だという意思をあからさまにするのはためらわれたのだろうか。縹は黙って、柏木を眺めている。

「いいですか、縹先生？」

「ど、どうぞ」

ばつが悪そうに、横を向いた。

亜沙子が肘《ひじ》で脇腹をつついた。なにやら意味ありげにこちらを見ている。

「だいじょうぶ？」と言っている。つまり、縹こそ深水の彼氏だということだ。

察知して、航太はうなずいた。

縹が深水の恋人であろうが、自分にはどのみち関係ない。

過ちを繰り返さなければすむだけだし――まだ、そんなに好きってほどでもなくて、ただかっこいいなと憧《あこが》れているだけだし。

そんなことを、自分に言い聞かせた。


柏木が選んだのは、会社の近くにある料理屋だった。

といっても、チェーン展開しているような居酒屋というのとは違う。色っぽい女将《おかみ》が、カウンターの向こうで微笑《ほほえ》んでいるような店である。

小上がりに通され、まずおしぼりとお通しが出てくる。

それぞれに希望する飲み物を先にオーダーした。

「初ちゃんは、なかなかいける口だったよな？」

柏木に言われ、航太はいいえ、そんなと手を振った。しかし、歓迎会の時のことを言っているのだろうとは判る。いける口どころかザルの進藤《しんどう》につかまって、ずっと相伴させられていたのだ。

「いや、あの進藤についていけるようなのは、相当な腕前と言わざるを得ない」

「進藤って誰？」

縹が、ちょっと苛立《いらだ》ったふうに深水に問うている。

「営業の女子……なんだ、初野くんの歓迎会、終わってたんだ？　便乗しようと思ってたのに」

深水が、ますます縹を苛つかせるようなことを言い、航太は内心はらはらした。

だが、縹は知らん顔でタバコをふかしている。細巻きのメンソール。似合いの銘柄だ。ほっそりとした手に、長い指。

「それにしても、あんまたいした店じゃないな」

……ただ、攻撃の対象が移ったということらしい。座布団の後ろに手をつくようにして、店内を見回す。それぞれの卓に、椿《つばき》を一輪挿した華奢《きゃしゃ》な花瓶が置いてあるような店だ。お通しも、居酒屋のそれのようにいかにも「解凍仕立てです」みたいなものではなく、しっかりと味のしみた、ひじきの煮物なのだが。

「経費で落とすんなら、もっといい店に連れてってくれればいいのに」

「おい」

深水がさすがに、たしなめた。縹は、深水と二人きりじゃなくなったのが気に入らないのかもしれない。

「で、でも、俺こんなちゃんとした店、初めてです」

二人の間に漂う、緊張した空気を感じ、航太は周章《あわ》てて割りこんだ。柏木は、「そいつは失礼」と言いながら大笑いしていたが、航太の言葉を聞くと、

「おお、そうか。初ちゃんは、これから教育していく価値ありそうだな」

相好を崩した。

目尻《めじり》が下がって、人好きのする表情になる。深水や縹に較《くら》べると、特別ハンサムというのではないが、男前と称するには値する、しかも相当なレベルで値する男だ。そんな顔を見れば、特別な感情からではなくても、ほっとする。

「……ふん。やっすい居酒屋しか知らないんだろう、どうせ」

縹は、なにかに突っかからずにはいられない性格らしい。

「大学生なら、それであたりまえだろう」

深水の口調は、会社にいる時のそれから、ずいぶんくだけたものになっている。

「……そう？」

「まあ、学生デビューで、常に期待と賞賛を浴びてきた縹先生は、若い頃からいいもの食べてこられたんでしょうが。私ら庶民は、こんなもんですよ」

柏木に言われ、縹はおとなしくなった。厭味には聞こえなかったが、思うところはあったのかもしれない。

「期待と賞賛といったって、せまーい世界の中のことですけどね。そんなたいしたもんじゃない」

矛をおさめ、おもねるように自分から言う。

「縹先生のお作品は、誰が読んでも面白おかしいっていうものでもありませんからね――きわめて読者を選ぶタイプながら、質のいい、熱心なファンのつく佳作を、レベルを保ちながら発表され続けているのは、素晴らしいことです」

「……どうも」

悪い気はしないといった顔だ。案外、判りやすい男なのかもしれない。お山の大将といったタイプ。さっきの柏木の褒め言葉への反応をみても、おだてに弱いのだろう。

そこからは、縹も憎まれ口を叩くこともなく、なごやかな宴席となった。ごぼうとシュンギクのサラダ、ヒラメのカルパッチョ、鶏肉団子の甘酢あんかけ、小柱と三つ葉の掻き揚げ、といった菜が、次々と運びこまれてくる。

勧められるままお湯割りを何杯も重ね、航太もすっかりいい気分になった。

だが、完全に酔っ払うところまではいかない……視界の隅に、つねに、向かい合った深水と縹の様子を捉《とら》えている。

特にべたべたするようなことはない。ただ深水の口調が気安いものになった以外には、「この二人は実はつきあっています」と言われても納得できる要素もない。それとも、人前で関係を露呈させるようなことにならぬよう、用心しているのだろうか。そういえば、そんな秘密の交際を、どうして亜沙子が知っているのか。二人は編集者と執筆者として知り合ったのだろうが、ずいぶん長いつきあいのようにも見える。年齢は、深水のほうが四つ五つ上に見えるものの、縹とて三十前だろう。学生デビューということは、若くして世に出たのか。

疑問に思う点は多々あったが、次々に目の前に現れる、おいしい料理を味わうことも忘れない。掻き揚げを頬張りながら、聞くともなしに耳を傾けていると、話は柏木のプライベートのことに及んでいる。

「えっ、じゃあ、お子様はいらっしゃらないんですか?」

亜沙子が訊《き》いている。

「作る前に逃げられちゃったからね、相方に」

どうやら、柏木はバツイチらしい。

意外だ。いかにもいいパパになりそうなタイプなのに。航太は柏木を窺う。

「でも、柏木さんって、いい旦那《だんな》さんって感じなのに」

亜沙子も同意見らしい。

「そう？」

言われて、柏木は頭に手をやった。

「ええ」

「じゃ、キクちゃん、いい旦那さんを持ってみる？　一巡目だけどさ」

へらへらとした物言いで、一瞬意味が判らなかった。

「やだ。なに言ってんですか。っていうか、プロポーズですか、それは」

あははと柏木は笑う。

「ちょっとずうずうしかったかな。こんなおっさんが」

「いえ、柏木さんなら考えますけど」

亜沙子は、まんざらでもなさそうだ。

「でも、同じこと、誰にでもおっしゃってるんでしょ？　飲み屋の女の子とか」

「あ、判る？」

「――莫迦ばかしい」

やりとりを聞いていた縹が、ぼそっと呟《つぶや》いた。

自分が話題の中心から外れたのが気に入らないのだろうか。それとも、こんな話が嫌いなのかもしれない。

柏木は、ちらっと縹に目をやったが、口許に皺《しわ》を刻んだだけでなにも言わなかった。

縹は、逆にそんな反応が意外だったらしい。わずかに目を瞠《みは》る。

深水も、もう無礼を咎《とが》めるでもなく淡々と塩キャベツ――ちぎったキャベツに塩と胡麻油《ごまあぶら》、それににんにくを少々効かせただけの簡単なつまみだが、これがめっぽう旨《うま》い――を口に運んでいる。

誰からも反響がなかったので、縹はむくれてしまった。判りやすい。唇を突き出して、テーブルを見回すから、そうと知れる。

「あ、あのー」

やや焦って、航太は口を開いた。

「縹先生はその、学生デビューって、何歳の時だったんすか？」

さっき頭に浮かんだ疑問のうち、無難な一つについて訊いてみる。

縹はこちらを一瞥《いちべつ》したが、

「二十歳。八年前だな。三年生だった」

そっけなく答えた。

「えっ。じゃあ今の俺といっしょ？　すごい……」

べつに世辞ではない。しんそこ驚いてしまったのである。作家などという人種と接するのは初めてだし、まして今の自分がこれから小説――『幻想小説』を書いて、デビューして……と考えると、やはり人間の種が違うとしか思えない。

『蒼鴉苑《そうあえん》』新人賞を、たしか最年少で受賞されたんですよね」

亜沙子が、航太に説明するように口を開いた。

「そ、そうあえん……?」

「そういう雑誌があるのよ。幻想文学やホラーの専門誌ね。審査員が蔀《しとみ》桜葉《おうよう》と竜崎《りゅうざき》顕一郎《けんいちろう》の二人なんだけど、どっちもすんごい辛口で、めったに受賞作が出ないので有名なの」

「一部でね」

縹が横から言った。

たしかに、蔀や竜崎の名ぐらいは、航太も聞き憶えがあるものの、それが作家なのか評論家なのか、マラソン選手なのかフレンチのシェフなのかどうかまでは知らない。

「――で、縹先生は、たしか三年ぶりの受賞者だったんですよね?　それも、奨励賞とか特別賞じゃなく、佳作で」

「まあ、入選でもないんだから、大したことはないけどね」

縹は、まんざらでもなさそうだ。案外素直……さっきも思ったが、とりあえず裏表のない性格なのだと判る。

そういう人間は、嫌いじゃない。

たとえ、表も裏もひねくれていて、つっけんどんな人格であったとしてもだ。

「それにしても、きみはずいぶん詳しいね。僕のことに」

思い出したふうに、縹が言った。

「あ、友達に『蒼鴉苑』の愛読者がいるんです。もちろん、縹先生のご本も全部読んでます。それで、布教してくるので」

亜沙子は言ったが、自分自身もファンだとは一言も言わない。

「そう。じゃ、その奇特な友達によろしく言っておいて」

それが気になったというのでもないだろうが、縹はつんとして答えた。

しかし、自分で「奇特」と言ったことといい、さっき「一部では有名」だとことわりを入れたことといい、まったく己を知らないというわけでもないようだ。

「連載はもう長いんですか？　俺、全然雑誌のこととか知らなくて」

「おいおい、ジャーナルも読んでくれてないの？」

言ったのは柏木だ。

「ショックだなあ」

全然ショックなど受けていない調子で胸を押さえる。

「す、すいません……」

たしかに不勉強だ。明日、時間外にでも、亜沙子にもう一度書庫に連れていってもらおう。

少なくとも、縹のエッセイの一編ぐらい、読んでみたってばちはあたらない。

心に決め、航太はひたすら恐縮する。

「まあ、最近の子は、マンガすら読まないっていうのも珍しくないみたいだから」

縹が珍しく、庇《かば》うように言ったが、顔を上げると完全に莫迦にしきった表情と出くわした。

「……」

「でも、ケータイ小説は隆盛をきわめてますよ？」

と、亜沙子。

「俺、あれ嫌いだなー」

柏木が応じる。

「なんていうか、行間を読むという余地がない。なんでもかんでも科白《せりふ》で説明しちゃって、しかもそれが今どきの若い奴口調なもんだから、読みにくいったら」

「あら、柏木さん、お読みになるんですか？　ああいうの」

亜沙子は意外そうだ。

「いや……その。いいわけになるが、前の奥さんがそういう会社に勤めてるもので、ちょっとね」

「編集者なんですか？」

縹が訊ねるのに、

「困ったことにね」

苦笑で応《こた》える。

「離婚の原因は、お互いの文化観の不一致ってわけか」

「はは。いやまあ、そんなたいそうなものでもないけどね。まあ、そういうのが違えば、性格も合わないよね」

それならなぜ結婚したんだろうと思ったが、柏木が結婚した当時にはまだ、ケータイ小説というものは現れていなかったのだろうと納得した。

「ごめんね」

柏木が会計をしている間、深水が航太の袖《そで》を引っ張って囁《ささや》いた。

「え?」

「――ああいう性格なんで」

目で示したほうには、縹が立っている。

「……や、気にしてませんから。悪い人じゃないと思うし」

深水は、目を瞠った。

縹のせいで、航太が厭な思いをしているのではと気遣ってくれたことはありがたかったけれど、それが恋人を悪く思わせたくないからという理由からきているのなら、気分は複雑だ。

そして、そうである限り、自分は割りこめそうにないし、割りこんでもいけない。

亜沙子が、こちらを見ている。

高校二年の時だ。

亜沙子から、デートに誘われた。

……いや、正確に言うと「いっしょに遊園地に行って」と頼まれた。

なんでも、英会話スクールの友達に誘われたのだが、その友達が彼氏を連れてくるので、自分だけシングルなのは気がひけるという。

亜沙子がそんなことを気にするタイプだとは知らなかったが、幼馴染《おさなな》《じ》みのたっての願いだ。

二つ返事で、航太は承諾した。

そこまでは、まあよかった。

よくなかったのは、デート当日、待ち合わせ場所に現れた、件《くだん》のカップルだ。

その、亜沙子の友達だという彼女に、航太は一目惚《ひとめぼ》れしてしまった。

もちろん、いけないことだと判ってはいた。

けれど、悪くしたもので、彼女のほうでも航太を気に入ってくれたらしい。

帰り際、こっそりメモを握らされた。携帯の番号とメールアドレスが、走り書きされていた。

そこからはもう、よくある話。「不倫」カップルは秘密の関係であるからこそ、なお燃え上がり、こっそりデートを重ねる。

知り合いに見られてはいけないというので、わざと電車で遠くの駅まで行き、落ち合ったりもした。

そんな、びくびくものながらも幸せな時間が過ぎた後。

カタストロフィが訪れる――どんな恋にも、終わりがあるものだ。

彼氏に関係がばれ、あとはお決まりの修羅場である。わざわざ説明するほどのことでもない。よくある話の幕切れもまた、よくある感じで運んだ。

歪《ゆが》んだ顔、怒声。泣きじゃくる彼女。亜沙子の形相。

最後のがいちばん恐ろしかったかもしれない。

いつだって、庇ってくれたり力になってくれた幼馴染みが、航太を軽蔑《けいべつ》すると言い放った。

あんたたち、ウジ虫並みに醜い。

それを聞いた、彼女もキレた。あんたなんか、男とつきあったこともろくにないくせに、何様？

ウジ虫呼ばわりされては、黙っていられなかったのかもしれない。けれど、航太は後悔していた。自分のせいで、ひとつの恋愛と友情を毀《こわ》してしまった、ということに、遅ればせながら気づいたのだ。

一所懸命謝って、必死ですがりついて、ようやっと赦《ゆる》しを得た――その頃には、もちろん彼女と別れていた。

『二度とこんな真似《まね》をしたら、今度こそ縁切るからね？　一生あんたを嗤《わら》ってやる』

亜沙子の言葉が、しょうがドロップみたいに効いている。

辛くて苦い、若き日の過ちである。

二度とは繰り返してならない……いつだって勝手に好きになって、勝手に騒いできたけれど、軽はずみな言動は恐ろしい結果を招く、こともある。

といったって、好きになったものはしょうがないんじゃないかな。

やや自己中心的に、そんなことを今、思っている。

だいたい、誰かが誰かを好きになる気持ちを、他の誰かに止める権利があるのだろうか。

――いや、それも自分側だけからの言い分なんだけど……。

調子がいい。判っている。でも……。

深水の顔を浮かべるたび、胸がきゅっとしめつけられる。

これはもう、恋なのではないだろうか。

自問しなくたって、恋だ。

要するに、あの時みたいに、簡単に「好き」なんて相手に言わなければいいだけのことなんじゃないのか？

そうだ。深水に悟られぬよう、こっそり思っていればいい。今のところ、それだけでじゅうぶんだと思っている。

亜沙子に確認したところ、たしかに縹は深水の恋人だった。縹が原稿を渡しにきた時、書庫でキスしているのを目撃したそうだ。

『だからね、今度はあたしに職場をなくさせないでよね？』

それに対し、航太は、「あれ以来お前の友達で彼氏のいる奴なんて、一人も好きになってないじゃないか」と言い返すしかなかった。

けれど、その一言は胸に刺さった。

実際、気をつけていたのだ。

好きになったら、まず右、左。

だが、慎重になっていたつもりでも、今になって思えばそれは、ただそんなに好きな相手が現れなかっただけなのかもしれない。いいなと思う相手はいても軽いやけど程度。本気にはならなかった。

まずい。どんどん、自分に自信がなくなってくる。かっこよくて優しいからって、そんなにあっさり堕《お》ちていいものなのか？　あの目がどこか寂しげで、憂鬱《ゆううつ》そうに翳《かげ》るから？　そんな、ミーハーな理由だけで。

でも、好きになるのに理屈なんてないわけで——なにが正しくて、間違っているのかも判らなくて、あの時そうだったように、罪悪感をもてあましている。

いや、だからって横取りできるとも思えないけれど。

相手はあの縹なのだ。外見もさることながら、その才能は、しがない大学生の自分なんかとは較べものにならない。深水だって、そう思うだろう。

片想いだから、いいのだ。

ひとまずそういうことにして、航太は毛布を引っかぶった。脳裏に、深水と縹のシルエットが浮かんでいる。

近づいて――重なり合う。

厭な夢でも見そうだった。

4

寒風吹きすさぶ十二月の街路から、オフィスビルに一歩入ると、暖気がふわりと身体を取り巻いた。

ほっとして、あったかいココアなんか飲みたいな、などと暢気《のんき》なことを考えつつエントランスに向かう。

あ――。

そこで、航太の足は止まった。

廊下のほうから歩いてきた深水も、こちらに気づいて笑顔になった。

「お使い？」

近づいてきながら問う。

「あ、はい」

汐留《しおどめ》にある広告代理店から、見積書をとってきたところだった。

「深水さんは、今からお出かけですか」

社内にいても会えないな、と、そんないじましいことをつい考えてしまう。

相手がうなずくのを見て、

「帰り、遅いんですか？」

重ねて問うたのも、なんだか我ながら未練がましかった。

「いや。今日は、直帰」

「……そうですか」

うなだれかけ、あからさまに憮然《ぶぜん》としてはならないのだと思い直した。

「行ってらっしゃい。お気をつけて」

見かけだけは元気よく言う。

「ありがとう――初野くんは、定時で上がりそう？」

「たぶん、ちょっと居残りです。できてない伝票とかあるし」

「そうか。じゃ、その後メシでも食う？」

「はい……えっ？」

思わず承諾し、周章てて訊き返した。今、メシに誘ってくれた？

――しかもさりげなく。

「いや、進藤とのコンビニ残業のほうがいいんなら、無理強いはしないけど」

あっけにとられる航太がおかしかったのか、深水は笑っている。

「いや、いや、そんなことは全然！　まったく！　金輪際！」

やはり思わず、きっぱり否定してしまった。

「あ——いや、べつに進藤さんがどうとかいうわけじゃなくて」

仕事が定時からずれこむと、進藤は必ず航太に弁当を買ってくるように指示する。それも、『あったかつるつる温サラダ麺《めん》』をご指名だ。そのつど、航太は近くのコンビニに走るのだ。

その際、「初ちゃんのぶんもね！」と付け加えるので、かれこれ三度ばかりつきあった。

さらにフロアから人気《ひとけ》が少なくなると、進藤はおもむろにデスクの一番下の引き出しからスキットルを取り出し、豪快に呷《あお》る……という噂もあるが、真偽のほどは判らない。

「うまいけどね、温サラダ麺。じゃ、外から電話するよ」

スマートに紳士的に航太を絡めとり、深水は足早に出入り口のほうに消えていった。

残された航太は、ただただぽーっとして、その後ろ姿をいつまでも眺めることになる。

誘って——くれた。

それだけのことだ。いや、それだけのことじゃないと困るのだが……もちろん、深水には他意などないのだろう。同じ会社にいる、顔馴染みのバイトくんを、ただメシに誘ったというにすぎない。

勘違いしないこと。

自分に言い聞かせ、航太は背筋を伸ばした。うん、だいじょうぶ。勘違いなんてしていない。

あの人は大人だ。なんとも思っていない相手をも、気軽に食事に誘う程度には世馴《よな》れてもいる。

期待してはいけない。

が、期待するどころではなかった。

残業中に――『つるつる麺』は、丁重に辞退した。進藤は訝《いぶか》りつつも「予定あるのね」と納得した。ちなみにスキットルは今夜も目撃していない――深水から電話が入り、浮き浮きしているのに気づかれないよう席を立ち……ロッカールームを出てからは猛ダッシュだった。いや、急がねばならない理由など、なにひとつないのだったが。深水は少し遅くなるかもしれないと言い、航太に先に行っているようにと店の名を教えた。

経路の複雑な場所ではなかった。会社から四ブロックほど先を、右に曲がったところ……言われた通りに進むと、控えめに出ている看板を見つけた。

航太は少しほっとして、歩調をゆるめた。

『ＨＩＢＩＫＩ』と横文字の刻印のされた白いドアを、そっと押す。

中は、和風ダイニングといった趣の店だった。板張りのフロアに、カウンターとテーブル席がいくつか。

「いらっしゃいませ」

店員がにこやかに現れた。

「あ、予約してあると思うんすけど……深水っていう名で」

「深水さまでいらっしゃいますね。承っております」

相手は心得たというふうに、先に立ってゆく。

案内されたのは、入り口のそばにある、個室だった。三人掛けのソファにテーブル。

そして、奥のほうに人影。

「あっ」

思わず声を発してしまった。そこにいたのは、縹瑞希に他ならない。

縹もこちらを見る。

「なんだ、きみか」

照明が薄暗いため、どんな顔をしてそう言っているものかは窺えないが、歓迎されていないのはたしかだ。

「深水が、もう一人呼ぶって言ったんで、極東《きょくとう》のお偉いさんでもくるのかと思った」

まるで、かしこまってしまって損だったと言わんばかりである。

だがまあ、内心面白くないのに、「やあ、よく来たね！」みたいなことを言われるよりはましだ。一揖《いちゆう》して、航太は縹の向かいに腰を下ろした。

メニューを小脇に挟んだ、べつの店員がやってきて、「お先にお飲み物を承ります」と言う。

縹の前には、なにやら赤い液体の入ったグラスが置かれていた。

「それ、なんですか?」

「カンパリオレンジ……同じものを、なんて言うなよ?」

「や、言いませんけど――」

「カルアミルクを。ミルクたっぷりめで」

勝手に注文した。あっけにとられた航太の困惑など、どこ吹く風といったところ。

「なにか?」

「……いや」

べつに飲めないわけでもない。食事の時に甘い酒は苦手だが、深水がくるまでは、二人で膝《ひざ》
突き合わせて飲むしかないのだろうし。

縹は新しいタバコに火をつけた。

ふうっと煙を吐き出し、天井を仰ぐ。

「深水から誘ったわけ?」

そして、訊いた。

「あ、はい」

「ふーん……」

無遠慮な視線が、航太の上を行き来する。

「ま、いいけどね」

もっとなにか厭味でも言われるのかと思ったら、あっさり受け入れられたようだ。

「あの、すいません」

それでも、気がひけることはたしかだ。

「なにが」

「その……なんか、デートに割りこんだみたいで……」

そもそも、どうして深水は自分を誘ったのだろう。

「判ってんなら、こなけりゃいいじゃん」

「……」

それはそうだ。けれど、航太は航太で、深水と二人きりなのだと思っていたのだ。

そんなことを、この氷でできたハリネズミみたいな男に言うことは、まさかできないが。

「べつにかまわないさ。他人が誘った人間を、俺の一存で追い返すわけにもいかないからね」

一見常識を語っているようで、強烈な皮肉でもあるようだ。どっちなのだろう。判らないところが、この男のすべてを物語っているような気もする。

このままサシで飲んでいたら、どうなるんだろう。

軽く脅威を感じたが、危惧《きぐ》するまでもなく、じきに入り口のほうで気配がして、コートを羽織った深水が、長身を現す。

「交渉が長引いた。すまない」

「――謝る気があるんなら、エクスキューズなんてつけないほうがいいんじゃないの」

縹は、けんもほろろだ。

航太ははらはらしたが、深水はこんな反応には馴れているのか、

「たしかに。――マティーニを、ドライで」

後ろにいる店員にオーダーし、迷いのない動きで航太の隣に腰を下ろす。

「あ……席、代わりましょうか」

恋人たちが斜め向かいに坐《すわ》りあうことになってしまう。航太は腰を浮かせたが、「いや、これでいいよ」と、ほとんど同時に二人とも言った。

「……」

「飲み物以外には、なにも頼んでないのか？　……じゃあ、好きなものを」

深水は、開いたメニューを縹のほうに差し出す。

「昏《くら》くって、見えやしないよ……野菜スティックと、エビとアボカドの生春巻きと、蒸し鶏の春雨サラダと、プロシュートのピザ」

細い身体に似合わず、旺盛《おうせい》な食欲だ。そういえば、このあいだの飲み会でも、けっこう食ってたっけと思い出す。

「初野くんは?」

「え……っと、いんげんとジャガイモの明太マヨネーズ和え」

たしかに読みづらいが、どうにか判読した。無国籍料理の店らしく、メニューの種類は多岐に亘《わた》っている。

「それだけ? まあいいや。じゃ、あと牛タンのネギ味噌《みそ》焼きを」

深水は、メニューを店員に返した。

やがてマティーニが運ばれてきて、三人は儀礼的にグラスを合わせた。航太の二杯めは、フアジーネーブルである。

なにか辛いのが飲みたい……ただのウォッカをロックで、ライムを入れて、と思い、航太は店員を呼んだ。

「あの、ウォ……」

ところが最後まで言う暇もなく、

「チチ」

またしても横から縹が勝手に注文する。

「そんな、きみ。勝手に」

「あれ? だって、甘いのがいいだろ? お子様は」

「……」

そういう意味だったのか。判りにくいいやがらせだ。他愛もないと感じたから、あまり気にはならないが。

「棘《とげ》を感じるな」

だが、深水にはそう聞こえたようだ。特別感情を害されたふうではないが、困っているらしい。

「あ、だいじょうぶです。おれ、なんでも飲めますから」

しかたなく、航太は言った。大人に混ざっているのだから、好きな飲み物を選べない不自由も、まあしょうがないか。

自分が縹に好かれていないことは、最初からよく判っていた。こなければよかった、とちらと思う。なんで、誘われただけで深水と二人きりなんていう夢を描いてしまったのだろう。

下心があるから、こういうことになるんだな。

と、まあ、そういうことなんだろう。

悪意があるというよりは、子どもっぽいわがままの発露だと思えるから、本気のいやがらせよりは、しかし、ましだとも思った。

酒が進んでも、縹の態度はあらたまらない。

「仙台《せんだい》産牛タンの、ネギ味噌焼きでございます」

新しく運ばれてきた皿に、箸《はし》を伸ばそうとすると、縹が唐突に、

「牛タンの味なんて判るの？　子どものくせに」

　またあらたな攻撃を仕掛けてきた。

「ナナミ」

　深水がたしなめる。

　縹の言葉より、深水が——おそらく——本名で縹を呼んだことのほうにショックを受けた。

航太は箸をさまよわせたまま、そんな深水を見た。

「なんだよ。あんまり子どものうちから、大人の味を憶えても不幸だと思ったから言っただけじゃん」

　どっちが子どもなんだと言いたくなるような反論だ。

「牛タンぐらい、今日び小学生だって食べつけてるだろうが。初野くんだってそうだよね？」

「あ、はい。まあ」

　それでも、航太は箸をひっこめた。

　すると、深水が箸を伸ばし、航太の取り皿に牛タンを二切れほど載せてくれる。

　恐縮しつつ口に運ぶ。

「ふーん」

　縹はなお、面白くないようだ。

「きみのお父さんって、なにやってる人？」

「普通の勤め人ですけど……」

「土曜日に家族で焼肉屋に行ってきました、みたいな家か」

「まあ、そんな感じっす」

縹には、できるだけ失礼をしないように慎重にうなずいた。

「最近の子どもは、小さいうちから贅沢《ぜいたく》してるんだな。あん肝だのカラスミだの、あんまり小さいうちから食べすぎてると、痛風になるぞ」

まさか身体の心配をしてくれたというわけなのだろうか。航太は、あいまいに笑った。

「肝類は、そんなに好きじゃないんで……」

「そりゃいけないな。子どもは、レバーをたくさん食わなきゃ」

「子ども子どもって」

深水が苦笑しながら縹を見る。

「そういうナナミだって、俺から見れば子どもなんだけどね」

航太に代わって一矢を報いようというつもりなのだろうか。深水は笑いながら言う。

縹がむっと口を引き結ぶのが判った。

なにか言い返す気だ。そう思ったら、

「そういう深水だって」

縹は言った。

「柏木さんから見れば、全然子どもだと思うけどね！」

あんのじょうな科白だったが、なんでそこで柏木なのだろう。航太は深水を見る。

「そりゃそうだ」

気にしたふうもなく、うなずいている。大人である。

「じゃ、こんなことは言い合ったってしょうがないってことで」

航太は結ぼうとしたのだが、

「なに勝手にまとめてんだよ。偉そうに」

縹の不興を買っただけだった。


明日から冬休みである。

後期試験のスケジュールを手帳に書きこんでいると、亜沙子が現れた。

「コタ。ノートのお礼に、ホールでなんかおごるわ」

声をかけられ、航太は顔を上げた。

「ほんと？」

「その代わり、帰りに本屋つきあって」

「いいよ。今日もバイトだろ？」

「うん。ついでだからいっしょに出勤するか」

　航太も同意し、二人でホールに向かった。

　自販機のココアかなんかでいいと思ったのだったが、亜沙子はさっさとプリン・アラモードを二人分注文し、札を持って窓際の席に着く。

「本屋って、なんか探してるのか」

「うん。ちょっとね。コタ、卒業後のこととか、考えてる?」

「えっ」

　予想外の問いかけに、航太は一瞬、言葉につまった。

「大学卒業したら、どうすんの?」

「……いや……それはまあ、普通に就職して……」

「業種は?」

「……」

「実際のところ、あたし卒業したら、就職しないでエディタースクールに通おうかと思ってたんだよね」

　そんな話は初耳だ。目を瞠る航太に、

「たしかに、出版社でバイト経験あるっていったら、どっかには受かるかもしれないけどさ——だからって、入ってすぐ、仕事できるかっていうと、自信ないし。なんて話を、部内でしたら、経験云々《うんぬん》なんか関係ない、有能な人材ならどこも採る。むしろ、行かなくてもいいって」

「深水さんが？」

文脈から感じ取った。

亜沙子はうなずく。

「……ふーん」

正直、ちょっとショックだった。同じ歩幅で、同じレールの上を進んでいると思っていた幼馴染みが、ふと気づくともう背中も見えなくなっていた——いわば、そんな心境。

自分の足下が、ふいに崩れてゆくように感じる。

「で、コタはどうすんの？　就職」

ふたたび水を向けられた。

プリンにスプーンを突き刺しながら、航太は首を振った。

「まだ判らん」

「って、来年四年だよ？」

「うん……でも、自分がなにに向いてるとか、まだ全然判らないし」

「かんべんしてよー。モラトリアムくん」

亜沙子はおおげさなため息を落とし、航太と同じようにプリンを掬《すく》った。

「仲間はみんな、就職のこと考えたり、資料請求したりしてるんだよ？」

「判ってるよ、そんなこと」

「じゃ、ちょっとはまじめに考えなさい」

お姉さんぶる幼馴染みを、上目に睨んだ。

「そう言われたって……」

具体的な目標は、いまだにない。

「深水さんステキー、なんて浮かれてらんないのよ？」

その名を聞いて、ややどきっとした。そういえば、深水からも就職について訊ねられたこともあった。

それからずっと、考えようとしているのだが、自分の将来より深水のことを思い浮かべるほうが多かったような気がする。

「まあ、あんたんとこは裕福だし、べつにあんたがフリーターになろうがニートになり果てようが、余裕だとは思うけどね」

「べ、べつに裕福ってほどじゃないよ」

「お兄ちゃん。医者でしょ？」

「卵ってだけだし、研修医なんて忙しいばっかりで、学生に毛が生えた程度みたいだし」

それでも、弟のためにゲームソフトやマンガ本を買ってきてくれる兄だ。

亜沙子の言うような、金持ち家庭ではないとは思うが、しかし自分はたしかに恵まれているんだろうな、と思う。

このあいだ深水も、そんなことを言っていたっけ……。

会社のことを考えると、まっさきに浮かぶのが深水の顔、という事実は、さすがに自分でもどうかと思う。

それだけ、好きになっちゃってんのかな。

好きになったって、しょうがない人なのにな。

もの哀しいような思いでクリームを舐《な》めていると、亜沙子が、ところでと話を変えた。

「クリスマス、どうすんの？　会社でなんか誘われたりした？」

四日後に迫った、そのイベントのほうが、やはり来年の就職活動よりも関心事なのだろう。

「あ、なんか予定はって訊かれたけど、具体的にはまだ、なんも」

青野《あおの》の軽薄な笑顔を思い出した。

「そっちは？」

問い返すと、亜沙子は一拍おいた後、

「なんか、編集部でパーティがあるからって——」

言いにくそうに教える。

「ほんと！　じゃ、俺もそこに混ぜて」

「……。言うと思ったよ……」

幼馴染みの呆れ顔にも、

「いいじゃん。俺一人ぐらい増えたって。それに、編集部の人ともだいたい顔見知りだしさ」

なお押す。

「いいけどね」

亜沙子は肩をすぼめた。

「厭な思い、するかもよ？　たぶん、彼《か》の人もくるし」

彼の人というのが、誰を指しているのかは訊かずとも判ったが、

「そんなの。こないだ三人でご飯食べに行ったから、免疫ついてるし」

航太はあっさり、退けた。

「マジ？　あんたってほんと、Mだよね」

「ど、どこがだよ？」

それには抗《あらが》いたくなる。

「目の前で、好きな人が別の人間といちゃついててもへいちゃら、なんて奴ぁ、Mでしょ」

「じゃ、亜沙子はそういうの見てらんないってわけ？」

「あたしは……、あたしは、べつにどっちでもないわよ」

亜沙子はなぜか、怒ったふうに言う。

「っていうかさ、お前って好きな人いんの？」

「な、なによ」

珍しく、狼狽《ろうばい》している。

「そんなこと関係ないでしょ、今は。とにかく、二人がいい感じでも、泣いて帰ったりしない自信があるのね？」

「あの二人は人前じゃそんなにいちゃつかないんじゃないかな」

三人で飲んだ時のことを思い出しつつ、航太は言った。

「なんで、そんなことが判るのさ」

「いや、なんとなく……」

二人の晩餐《ばんさん》に割りこんだなど、亜沙子に知られるのはまずい。そもそも、そういうことをしないようにと釘《くぎ》を刺されているのだ。

たとえ、深水から誘われたとはいえ……いや、だけどなんで、俺を誘ったんだろうと、同じことをまた考えた。

「まあ、そんなラブラブな空気感出してる二人じゃないけどね。あれを見てなけりゃ、あたしだって彼らがそんな仲だなんて、いまだに知らないはず」

「大人だしね」

「深水さんはね」

亜沙子は、はからずも自分が縹をどう評価しているかを表明することになった。

「ま、来てもいいけど」

本人は、それに気づいていない。

「ややこしいこと、しないでよね」

最後にやはり、念を押した。

5

金曜日であることもあって、クリスマス・イブの街は、全体が浮き足立ったモードである。

ゴージャスな巻き髪には不似合いな、ぞろりと長いダウンコート姿の若い女とすれ違い、航《こう》太《た》はなんとなく彼女を振り返った。

あのコートの下は、きっときらびやかなドレスなんだろう。

朝、青野《あおの》からあらためて、『今晩ヒマ？』と問われたが、予定があると辞退した。

『やっぱり、あれ？　イブの夜は彼女と二人きりでしっぽり……みたいな？』

勝手に想像されたが、されるままにしておいた。

航太自身は、ドレスアップしてきたわけではない。フリースのトレーナーにカーゴパンツ、という冬の定番。いつもと変わらない服装だ。

そして、クリスマスとはいえ、会社は通常通りの業務で動いてゆくということも知った。

お使いの帰りである。

帰ったら伝票を書いて、それとあの資料をコピーして……仕事の段取りを頭の中で組み立てながら、急ぎ足になる。

が、通り過ぎようとしたカフェ、ガラス窓のむこうに、見知った姿を見つけ、思わず立ち止まってしまった。

縹《はなだ》は窓際の席で頰杖《ほおづえ》をつき、つまらなさそうに往来を眺めている。

その視線が、航太をとらえた。

む、と眉を上げる。

反射的に、ぴょこりと頭を下げた。縹は立ち上がった。

姿がふっと消えたと思ったら、次の瞬間にはドアが開いている。

「……ども」

どうやら、自分に言いたいことがあるみたいだが、なにか言われるような理由は、とりあえず見当たらない。

「今晩、きみもくるの？」

なにかと思ったら、そんな確認だったらしい。やはり、縹も招かれているのだ。

「あ、はい」

なにも考えずにうなずいた。

「ふーん……」

縹は、無遠慮な視線を航太に投げかけてくる。

「な、なにか？」

この目は苦手だ。航太は、ややたじたじとなった。

「べつにィ……じゃ、夜にね」

なぜだか、にやりとする。

航太に答える隙《すき》も見せず、さっさと店に戻って行った。

ヘンな人……。

やはり、そう思わざるを得ない。そんなことを確認するためだけに、わざわざ出てきたのだろうか。

そんなことより、ここでいったいなにをやっているのだろう。

しばらく状況を見守っていると、縹はおもむろに小さいパソコンを取り出した。

夜まで仕事ってことか。

会社の近くでスタンバイしているなんて、なんだか遠足を愉《たの》しみにしている子どもみたいだと思うと、おかしい。

よく判んないけど、芸術家って、そんなものなのかな。

書庫で『ミュージック・ジャーナル』のバックナンバーを探し、縹のコラムを航太も読んでみたのだ。

たかだか二頁《ページ》ほどの長さだが、文意を読み取るには少々時間がかかった。

この調子で、小説――「幻想小説」か――も書いているのだとしたら、それはたしかに、読者を選ぶだろう。

もっとも、縹自身は、その文章よりはいくらか判りやすい人間だとは思う。

判らないのは、深水《ふかみ》のほうだ。

その名を胸に浮かべると、ちょっと動悸《どうき》が速くなる。

優しいけれど、どことなく他人を寄せつけないところがある、と感じていた。

あの、憂い顔が、ミステリアスさをいっそう煽《あお》るのだろうが。誰にも見せない、自分だけの領域を持っている。

いや、恋人になら、素顔を見せるのかもしれないけれど。

そう考えると、気持ちが塞《ふさ》いだ。

莫迦みたいだ。思いはするが。自分で考えたことに、自分で傷ついて。深水からしたら、勝手にやってろというところだろう。

あーあ。

片想いでかまわないと思っていたが、やっぱり、自分だけ想うことは辛《つら》い。

だからって、割りこむわけにもいかないんだけど。

亜沙子《あさこ》が云々《うんぬん》ということではなく、また四年前と同じことを繰り返したくない。自分で自分を嫌いになりたくない。

——だから、いいんだ。

自分に言い聞かせ、航太はカフェを後にした。


「あ」

エレベーターが開いた時、思わず声を発していた。

深水も、やや驚いたように身じろぐ。

「出てたの？」

「はい。深水さんは、これから外出っすか？」

乗ろうとしたエレベーターに、結局乗らない。背中で、扉が閉まるのを感じた。

「ひょっとして、店に直行とか」

「ああ。今夜。初野《はつの》くんも来るんだってね」

「へへ。お邪魔しちゃいます」

「愉しみにしてる」

どきっとした。

もちろん、深水には、航太をときめかせようとする気などない。

そう言い聞かせても、

「お、俺もです」

まるでデートの約束を確認する、不馴《ふな》れなカップルだ。

いや、カップルだなんて思ってるのは、自分のほうだけだけど……。

「なにか、余興でもやるの？」

深水の問いには、「えっ」とひいてしまったが。

「な、ないですよ、そんなの」

「ダメだな」

いたずらっぽい笑顔になる。

「若い者は、率先して座を盛り上げないと」

「そう言われても……」

銀座《ぎんざ》のワインハウスと聞いているが、そこにはカラオケぐらいあるのだろうか。

と、真剣に検討に入ってしまう。素直な自分に、つい感心する。

じゃ、と深水は背中を翻した。

航太も、エレベーターホールに向かう。

ちょっと気になって、後ろを振り返った。

と、深水も振り返っていた。胸がきゅっと絞られたみたいに痛む。

シルエットになった深水が、手を上げた。

航太も、迷わず同じ動作で応《こた》える。

二人だけの、小さな秘密を持ったような気がした。


パーティは、銀座の店のパーティ用ルームを借り切って行われる、けっこう大々的なものだった。

総勢三十名ほどだろうか。『ミュージック・ジャーナル』に執筆している作家やライター、それにけっこう有名どころのアーティストの姿さえあった。

航太はすっかり雰囲気に呑《の》まれてしまい、壁に張りついてひたすらグラスを舐《な》める。ワインハウスだけあって、きっといい酒なのだろう。よく冷えた白ワインが、火照った身体にすべり落ちてゆく。

ほんの二メートル先に、深水がいる。

一人ではない。横にぴったりと寄り添うように、縹の姿があった。

二人は、恰幅《かっぷく》のいい男と話しているようだ。頰髭《ほおひげ》を生やした、あきらかに文化人と見える男だった。硬そうなカラーの白シャツに、赤いアスコット・タイ。サラリーマンではないだろう。なごやかに談笑する、というキャプションをつけるのにはちょうどいいシーン。航太の内側いっぱいに、疎外感。

「こら。何杯飲む気なのよ」

　グラスを手にした亜沙子が、やっと近づいてきた。ついさっきまで、編集者につかまって、それこそ談笑の輪に参加していたのだ。航太に、いじけるなと言うほうが無理だろう。いや、もちろん、知っていて紛れこんだのだから、誰も相手してくれなくてひどい、などと言うつもりはないが。

「だってヒマなんだもん」

　それでも頬を膨らます航太が、

「だから言ったじゃないのさ」

　今どんな気持ちでいるか読み取ったみたいに、亜沙子は視線を深水たちのほうへ投げかけた。

「ヤなことあるかもよって」

「——べつにヤじゃないよ」

「やせ我慢しちゃって」

「亜沙子のほうがやせてるし」

「あーはいはい、面白い面白い……ちょっとなにか、食べるもの取ってくる」

　亜沙子はグラスを航太に押しつけ、料理の置かれた中央のテーブルに向かった。

　テーブルには行列ができており、航太は取りにいくのを躊躇《ちゅうちょ》したのだ。パンの籠《かご》からクロワッサンをひとつ取っただけで、ワインをがぶ飲みしている。不健康だ。営業のほうのパーティに参加したほうがよかったのかもしれない。

弱気になっているところへ、皿を手にした亜沙子が戻ってきた。

「ほら。肉」

「ってね……」

たしかに、右手の皿にはハムや牛タン、スモークサーモンなどの冷たい魚肉類が、左のほうのそれには海老チリや鶏のから揚げといった温かい料理が載っている。

「サンキュ」

栄養学的には偏っているのだろうが、腹にたまるものが欲しかったので、航太は感謝するにやぶさかではない。

「お、飲んでるな」

やがて話を終えたのか、深水がこちらに近づいてきた。

「――」

から揚げにかぶりついていた航太は、周章《あわ》てて肉片を飲み下そうと焦るあまり、むせ返ってしまった。

「ごめんごめん、だいじょうぶ？」

深水は驚いた様子で謝る。

「深水さんのせいじゃありませんよ。こいつがドンくさいだけです」

涙目で亜沙子を睨《にら》んだ航太だったが、深水の傍らで縹が「まったくだ」というような顔をしているのに行き会って、ますますしゅんとした。

「飲みすぎなんですよ。ちょっと注意してやって下さい」

それでも亜沙子は、航太の背中を叩《たた》いて、肉の欠片《かけら》を吐き出す手伝いをしてくれた。

「今からそんなに飲んでちゃ、正式に社会に出る頃にはメタボになってるんじゃないの」

というのが、縹流の「ちょっとした注意」だった。

「若くてぴちぴちしてる、ぐらいしか売り物がないんだから、せいぜい体型維持の努力ぐらいはするんだな」

亜沙子がむっと唇を歪《ゆが》めた。

「そんな棘《とげ》のある言い方しなくても。まだ二十歳なんですから」

やんわりと、深水が辛辣《しんらつ》な恋人をたしなめる。

「へえ。優しいんだ」

「縹さん」

「ナナミ、でいいじゃん。内輪なんだから」

縹は、言うなり深水の腕に自分のそれを絡ませた。

どきりとした。

「は、縹さん」

深水も、当惑げな声になっている。辺りを見回し、そっと縹の腕を押し戻した。

「あは、は、なにやってるんですかー、お二人」

彼らの関係を、自分たちは知らないことになっているのを意識してか、亜沙子が気の抜けた笑い声を上げる。

「ちょっとした、親愛の情の発露さ」

縹は、面白くなさそうにそっぽを向く。

と、そのそばからまた急に深水の肩に寄りかかった。

さすがに航太にも、わざとやっていることが判った。航太の気持ちに気づいていて、揶揄《からか》うつもりなのだ。

いや、いたぶるといったほうがいいのだろうか。どう考えても、悪意がある。航太は性善説をとるほうだが、この場合、ただの子どもっぽい見せびらかしとは思いにくかった。

「酔われたようなら、そこ出たところに椅子《いす》がありますから——」

「そんなんじゃないよ、莫迦だな」

まだやっている。深水の応対が、どんどん事務的なものになってきているのに、気づいていないのだろうか。

「椅子あるんですか？　外？」

亜沙子は、こっちのほうから退散するのが正解と判断したようだ。もちろん、そのチームには自分も入っている。

航太はすがるように深水を見上げた。べたべたまとわりつく縹をもてあましたか、困惑した顔でいる。航太の視線に出会うと、どこか哀《かな》しげに微笑《ほほえ》んだ。

「コタ、いこ——」

亜沙子が袖《そで》を引いた時、

「やあ。なんか見憶えのある顔が並んでると思ったら、ジャーナルもここでクリスマス会?」

だしぬけに現れたのは、柏木《かしわぎ》だった。頭に銀紙で作った三角帽を載せ、陽気な笑顔。

「か、柏木さん」

思いがけない姿を認めて、航太の声はひっくり返った。

縹がさっと深水から離れた。

「このあいだはどうも——」

「初《はつ》ちゃんも。姿が見えないと思ったら、こっちに紛れこんでたか」

柏木は、あっさり縹をスルーし、航太に笑いかける。視界の隅で、縹がむっと唇を尖《とが》らせる。

「うちも、ここでパーティやってたんすか」

「そう。しかも隣。悪いことはできないねえ、初ちゃん——ん? ああ、縹先生ですか。メリークリスマス」

剣呑《けんのん》な空気など、ひとつも読んでいないかのように、柏木は手にしたグラスを、縹のほうにむかって掲げた。


「いやー、しかし痛快だったね」

ダッフルコートのポケットに手を入れて歩きながら、亜沙子がこちらを見上げた。

「柏木さん。天然だとしたら最強よね、あれ」

「……ん」

「柏木さんにスルーされた時の、奴の顔ったら」

あれから、柏木の手引きにより隣でパーティをやっていた営業部員たちがこちらになだれこんできて、結局は合同でのパーティということになったのだった。

いつになくゴージャスな装いをした進藤《しんどう》が、憧《あこが》れだったというミュージシャンを前にかちんこちんに固まっているところも目撃した。

宴の途中で、縹は厭《あ》きたように帰ると言い出し、深水に車を要求した。

タクシーをつかまえに、深水は店の外に出、そして二人は、結局それきり戻ってこなかった……。

そのことを思い出すと、胸が塞ぐ。

人前ではよそよそしくても、結局彼らは、恋人同士なのだと確認させられたようなものだ。

今ごろ二人は……考えたくもないが、考えてしまう。

賑《にぎ》やかな宴席も、十一時すぎにはお開きとなり、それぞれの部署の仲間から二次会に誘われたのを、どちらからともなく断り、航太と亜沙子は駅に向かって歩いている。

街路に流れるクリスマスソングが、ジンタみたいに侘《わび》しく響く。打ちのめされた夜。

「あーあ。今年のクリスマスも、これで半分終わっちゃったね。世間的にも、二十五日は盛り上がらないし。ゼミで飲みに行くぐらい。コタは？」

「うん」

「って、聞いてんの、あんた」

「……」

「だから言ったのに」

航太が浮かない顔でいるからだろうか。亜沙子は、ほらごらんといった口調になる。

「……。べつにヤじゃなかったもん」

航太は応えた。

「勁《つよ》がっちゃって」

「だって、どのみち俺は割りこめないだろ」

「割りこんでいいよ」

「は？」

「割りこんじゃえよ。あいつ、ムカつく。深水さんだって、あんなのとくっついてたら、いいことないよ、将来のためにも」

「……」

突然の宗旨替えは、そういう理由だったか。

だが、亜沙子にせよ、自分の個人的な感情だけで走っているにすぎず、その点、縹とあまり変わらない。

「そういうわけにもいかないだろ」

航太は、ショルダーバッグを肩にかけ直した。

「深水さんだって、べつに俺に興味なんてないだろうし。邪魔者になるんなら、同じ会社の、ただのバイトくんでいたほうがずっといい」

「あら。いつからそんな優等生になっちゃったの？　コタ」

「お前だって知ってんだろ」

「へえ。反省してんだ」

「そういう言い方――」

「ごめんごめん。うん、知ってるよ。あれ以来、コタが誰ともつきあってないのも」

「……」

「可愛いとか好きとか騒いでも、ぜんぜんつきあうとかいうところまでいかないよね。アプローチもしないし。ねえ、あたし、言い過ぎたのかな?」

「いや。言われたほうがよかったから。俺には」

「そう。ならいいけど。あ」

亜沙子が足を止めた。

「たい焼き食べようか」

なるほど、鼻先に甘く香ばしい匂いが漂ってくるわけだ。数メートル先に、屋台が出ている。

亜沙子は軽いフットワークでたい焼き屋台に駆け寄った。

白い息を吐きながら首をかしげ、屋台の主となにかやりとりをしている。

「おまけしてくれた。コタが三個、あたしが二個ね」

「そんなには食えないよ」

「食うの。そして、体内のアルコール分を薄めたまえ」

「……、たい焼きじゃ薄まんないだろ」

それにだいたい、具合が悪くなってもいない。

二人は、ガードレールに並んで腰をかけ、たい焼きの包みを開いた。

十二時前の時間帯だが、やはり特別な夜だ。街はまだまだ賑わいをみせている。

浮かれた世の中で、どことなく虚《むな》しい気持ちでたい焼きを食べている、冴えない大学生。

今の自分は、それ以外の何者でもないという事実。

だが、焦げてぱりっとした皮に包まれた、あんこの熱さ甘さに、そんな浮かない想いもひとまず消えた。はふはふと、航太はぎっしり詰まったあんこを舌で掘る。

「んー、うまい」

亜沙子が、やけくそみたいな声を上げ、空を仰いだ。

「あ、流れ星」

「えっ、どこどこ」

「嘘だよ」

「……」

「つまんない嘘だったね。ごめん」

一所懸命に、自分の気持ちを引き立ててくれようとしているのがよく判った。航太は口の中のものを飲みこんでから、

「俺、だいじょぶだよ」

と言った。亜沙子がこちらを見る。

「そりゃ、希望も未来もない片想いだけどさ……いいんだ、それでも」

「はっ、情けない」

いきなりばしっと背中を叩かれ、航太はガードレールから転がり落ちそうになった。

「な、なにするんだよ」

「そんな簡単にあきらめて、どうすんだっつの」

「……。こないだまで、絶対に邪魔するなって言ってたくせに……」

「縹があんなにヤな人だとは知らなかったんだから、しょうがないでしょ」

「俺、べつに縹さんヤな人だとは思わないけど？」

「まっ。なによ、いい子ちゃんぶって」

「そうじゃなくて……」

航太は頭を抱えたくなった。ころころ宗旨の変わる幼馴染みに、どう対処していいのか、判らない。

「……正直な人なんだと思う。そんだけ」

「正直ぃ？　あれが？　屈折しまくりじゃないよ」

「でも、俺が深水さんを好きなの知ってて、わざと見せつけたんだと思うよ？　そういう判りやすいのって、素直だからじゃん」

「むー」

亜沙子は、虚を衝《っ》かれた顔になった。

「そういう考え方も、あるにはあるかもね……」

しぶしぶながら認める。

「ほんと、あんたってお人好しっていうか、善人だね。きっと天国に行けるよ」

「いや、行けないと思うけど……」

少なくとも、四年前の前科が、帳消しになるような善行を施さないかぎりは。

「あーあ。雪、降らないかなー」

手応えのない航太に、かまうのも莫迦らしくなったのか、亜沙子は空を仰いでため息をつく。

「っていうか、唇にあんこついてる」

ホワイトクリスマスを願う、ロマンティストな呟《つぶや》きを、そんな現実的な言葉で返されて、亜沙子はおおいにむくれた。

6

年が明けた。新しい年は、誰の上にも平等に訪れる。恋人とうまく行っている者にも、失恋した者にも。片想い中であっても、もれなくだ。

二日に、亜沙子から、いっしょに初詣《はつもうで》しようと誘われている。昼前になって、航太は家を出た。

玲一《れいいち》が、駅まで車で送ってくれた。新米研修医は、正月から当直なのだ。

降車駅の改札で、亜沙子を捜す。

きょろきょろしていると、後ろから、

「メリー新年!」

頭を叩かれた。

「——なんだよう」

振り返ると、いつものダッフルに手をつっこんだ亜沙子が笑っている。

「……、振袖《ふりそで》じゃないんだ?」

「あんたに見せるためだけに、着てなんていられないわよ。昨日で懲りちゃった」

「脱がずに寝ればよかったのに」

「そこまでして、あたしの着物姿が見たいと？」

「いや、それほどでも」

「なによー」

　また頭を叩かれた。

　元旦《がんたん》は、親戚《しんせき》一同が、祖父母と同居している亜沙子の家に集まるため、晴れ着でもてなす義務があるのだという。

「愉しそうな正月だな」

「そうでもないわよ？　お年玉も、もう来年からもらえないだろうし。振袖のメリットなんて、なんもなし。コタんところは？　どんな年越しだった？」

「普通。カンちゃんたちとストリートライブ見に行って、カウントダウンして、近くの神社に行って、飲んで、初日の出拝んで、家帰って寝た」

「うーん……アクティブなのか、そうでもないのか、派手なのか、地味なのか……」

「地味だよ。ヤローばっかだし」

「あれ？　あんたのお友達の彼女ズは、誘わなかったの？」

「そういう色気とは無縁な、硬派の年越しを誓ったからさ、俺たち」

ほんとうは、チケットをとった上林《かんばやし》に彼女がいないため、皆気を遣ったまでである。そういう自分も、遣わせてしまったのかもしれない。

「なんか、森見登美彦《もりみとみひこ》的な年の越し方だね……」

亜沙子は、呆《あき》れたように笑った。

神宮《じんぐう》前の歩道は、初詣客で賑わっていた。神殿を目指す人の群れに加わりながら、ぶらぶら歩く。いい天気だ。そういえば、雨の正月を迎えたという記憶がない。正月は晴れるものと、決まっているのだろうか。

「あれ、いっけない。細かいのがない」

境内で、財布を覗《のぞ》いた亜沙子が声を上げた。

「俺たくさん持ってるよ、十円玉」

「ひとにもらったお金でお参りしちゃいけないって、お母さんが」

そこいらの屋台でなにか買う、と踵《きびす》を返す。

亜沙子を待って、ぼんやり立っていると、あれという声がした。

「初野くん」

聞き憶えのある、いや、懐かしい声。

「深水さん……」

航太は啞然《あぜん》とした。コート姿の深水が、驚いたようにこちらを見下ろしている。

新年二日めから、なんと運がいいことか、と思ったかもしれない――もしその隣に、縹がいさえしなければ。

「……と縹さん」

「べつに気を遣わなくていいけど?」

つんとして縹は言い、にやりとする。

「きみは、誰かといっしょなわけ?」

まるで、寂しい独り者の正月を揶揄うかのような顔だ。

そこへ、

「お待た……あれっ」

戻ってきた亜沙子が、目を丸くした。

「深水さん。あけましておめでとうございます」

その言葉で、自分がまだ新年の挨拶をしていないことを思い出した。航太も周章てて、頭を下げる。

「今年もよろしくお願いします」

常套句《じょうとうく》を言ったにすぎないのだが、

「よろしくするようなことが、あるかどうかは判らないけどね」

縹に冷たくあしらわれてしまう。

「……お前に言ってないっての」

航太だけに聞こえる声で、亜沙子が呟いた。人通りの賑やかさに、すぐにかき消されてしまったが。

せっかくだから合流しようということになり、四人で境内に入った。賽銭《さいせん》を放り投げ、手を合わせる。

そうしながらも、隣にいる深水の存在が意識されて、航太の心臓は走りっ放しだ。

——どうか俺の思いが通じますように……。

思わず、そう祈ってしまい、周章てて打ち消す。いや、べつに二人が別れろとか、そういう意味じゃなくて……。

じゃ、どういう意味なんだと、見えない神様は苦笑したかもしれない。

「なにお願いしたの?」

参拝をすませ、亜沙子が買ったさつまいものフライを四人で分け合った。

深水に問われ、航太はえへへ、と胡麻化した。

「その、いろいろと」

「恋愛が成就しますようにとか?」

縹が、意地悪げに訊ねる。

「……」

「就職のことでしょ？」

なんでもないふうに亜沙子が言い、鋭い目で縹を見た。

「そうだった。今年はいよいよ、最終学年になるんだね」

剣呑な空気を察しているのかいないのか、深水は亜沙子の返事を真に受けたようだ。

「まあ、進級できれば、ですけど」

航太は、縹に対しても笑顔を向けられるよう努力しつつ答えた。

「おや、危ういの？　単位」

「初野くんは真面目だよ。きみと違って、ちゃんと四年で卒業できるさ」

「っ！　人前で俺を貶《けな》す？」

縹はかちんときた顔だった。

「いや、そういう意味じゃなくて……」

「だってそれは、縹先生は天下の東大ですもん。四年で出なかったところがまた、らしいというか」

「――って、きみの友達が言ってたわけ」

亜沙子は、縹にいたずらっぽい笑みを投げかけた。

「いかにも。縹瑞希《みずき》原理主義者ですから、彼女」

縹が東大出身であること、どうやら留年したらしいことを、初めて知る。さすがと言っていいのか、航太は迷う。

「かなわないな」

原理主義者という言い回しが気に入ったのか、縹はまんざらでもなさそうだ。

こういう素直なところが、やっぱり憎めないなあと思った。

せっかくだからと深水が誘い、昼飯をいっしょにすることになった。外苑《がいえん》の和食屋に昼食を求める。深水と縹が並び、その向かいに、航太は亜沙子と腰を下ろした。

「お、雑煮つきだって」

立ててあったメニューをとり、深水がこちらに向ける。

「ほんとだ」

「三が日限定」で、すべてのメニューに雑煮がついているらしい。

「やだー、太る」

「食わなきゃいいじゃん」

言ったら、睨まれた。

「深水さん、年末年始は実家ですか」

亜沙子がなにげないふうに訊ねる。

「そのつもりだったけど、近くだとかえって足が遠のいちゃってね。いつでも帰れるんだしって」

こちらで正月を迎えたらしい。

ひょっとして……いっしょに？　縹をちらりと見やり、そんなことを気にする。なんだか自分が卑しい人間になったみたいで辛い。

「お年玉出さずにすむからいいですよね、実家に住んでないと」

亜沙子は、妙なところに感心している。

「いや。家にいたって、必要ないよ」

深水は静かに答えた。

「甥《おい》っ子さんとか姪御《めいご》さんとか、いらっしゃらないんですか？」

「いるにはいるけど、そういう家じゃないんでね」

静かではあるが、それ以上なにを問うのも赦《ゆる》さない、厳然とした一言。

亜沙子は口を噤み、ばつの悪そうな顔で餅に集中しはじめた。なんだかんだ言って、結局食うのか……その様子を眺め、視線を深水に移した。

うつむき加減に箸を動かす、その姿は優雅とさえ言えるけれど、でもなにを考えているのだかはさっぱり判らない人だ。

捉《とら》えどころがないと思っていたが、実はその判りにくさは深水自身が高い塀を自分の周りに積み上げているせいだと知った。

おそらくは、なにか哀しさや痛みでできているレンガを、せっせつと。

高い壁の向こうになにがあるのか、ここからは見えない。

「――ん？」

そのつむじが不意に動いて、深水の視線が航太を捉えた。

航太は焦り、素早く視線を外したが、その速さがかえって不審を呼んだらしい。

「なに？」

問われ、えへ、とまた胡麻化そうとした。

「彼は、あんたに見惚《みと》れてたんだろうよ」

すると縹が、横から言った。

「えっ？」

深水は、思いきり意外そうな顔になる。

「気づいてやればいいのに。『初野くん』は、かわいそうなほどあんたに夢中みたいだよ？」

航太の胸は高鳴り、頬がかあっと熱くなる。赤くなったところなんか見られたら、否定したって意味ないじゃん！　己を叱咤《しった》するも、顔から火が出るとはこのことだ。

顔が上げられない。

深水がどんな顔でいるのか、知りたくない。

「――まさか」

冷静な声が否定した。

つきんと、胸が痛む。

「そんなわけないでしょうが。あんまり揶揄ってやるなよ」

公なのかプライベートなのか、深水自身も判断しかねているのだろうか。敬語と気安い言葉遣いが、ごっちゃになっている。

「そうですよ。コタが好きなのは、うちの姉ですから」

えっと声を上げかけた航太の脛《すね》を、亜沙子のつま先がテーブルの下で蹴《け》った。

「いっ」

「そうなんだ……」

深水の声が、どことなく残念そうだと感じるのは、都合のいい妄想なのだろうか。

「ふーん……年上好きか」

ちらと見ると、縹は莫迦にした顔をしていた。

まったく信じていないと書いてある。

それでも、ひょっとこみたいな口になり、

「せいぜい将来、やり手の熟女に騙《だま》されないよう気をつけることだな」

厭味を言った。

「うちのお姉ちゃんは、熟女じゃありません」

「だから、将来って言ってるだろ」

上目に窺《うかが》うと、深水は静謐《せいひつ》な表情で、なんの感情も浮かんでいない顔で、やりあう二人を見ていた。


三が日がすむと、アルバイトも初出勤日を迎える。

「おはようございます」

大学はまだ休みなので、航太は午前中に会社に行った。

「おはよう……おめでとうございます」

なにを言っているのかと思ったら、進藤は新年の挨拶をただしただけだった。

「お、おめでとうございます。今年もよろしく――」

フロアのあちこちで、似たようなやりとりが交わされている。新年の会社は、格別新鮮なものに、航太の目に映る。

「ああ、それはね」

進藤が、その理由を教えてくれた。

「年末の大掃除のおかげよ。このフロアがきれいなのも、あと一週間ぐらいだから、今のうちによく見といたほうがいいわよ」

花見のようなことを言う。

一週間後には、大学が始まる。

ここでのアルバイトも終わる。

後期試験があって、それがすんだらもう次の学年だ。就職活動のあいだに、いつも散らかったオフィスの光景など、記憶に薄くなってゆくのだろう。

深水のことも、うまく忘れられればいいのだが。

いつのまに、こんなに好きになってしまっていたのだろう。

初詣以来、深水のことばかり考えている。物憂げな表情や、困ったような笑顔。優しい物腰などがちらちらして、試験勉強がついおろそかになってしまう。

でも、それだけならきっと、ここまで好きになったりしなかった。

なら、なんで。

考えても、たどり着けない答えがもどかしくて、頭を押さえてわっと叫びたくなってくる。

「コタ、今からメシ?」

休憩時間になり、航太は階下へ降りた。と、後ろから亜沙子が追いついてきた。

「お前な、女の子がメシとか——」

「外行くんでしょ。こないだのうどん屋にしよ」

航太の腕をとり、さっさと先に立ってゆく。

「おい、待て」

引きずられる形になり、文句を言ったが、たしかに今日は外で食うつもりだったので、まあいいかと思い直した。

バイト初日に、いっしょに入ったうどん屋に入る。

「力うどん下さい」

「お前、太るんじゃなかったのか？」

メニューをろくに見もせず、注文する亜沙子につっこんだ。

「それが、あれ以来お餅中毒になっちゃって。朝もお餅、夜もお餅。そして昼間も」

「マジかよ。なんか憑《つ》いてんじゃないの」

「お餅だけにね」

「親父ギャグかよ」

航太は冷やし山菜うどんをオーダーし、向かい合って茶を飲んだ。

「真冬に冷たいうどんを頼むあんたには、言われたくなかったわねえ」

「だって、メニューにあるんだから、べつにいいだろ。注文したって」

「あたしだって、力うどんがなかったら――他の店に行くかな」

他愛ないかけ合い。店内には、昔懐かしい気のする九〇年代ソングのＢＧＭが流れている。

「それより。お前いつから、姉ちゃんなんかできたわけ？」

航太は、気になっていたことを口にした。二日には、最寄駅までタクシーで送ってもらったため、帰りがけに話ができなかったのだ。

自分の知る限り、亜沙子に姉などいない。弟ならいるが。

「だって、コタが好きなのは、うちの弟ですなんて言える？」

「……」

やっぱり、あれは亜沙子なりのフォローだったのか。感謝するべきなのかそうでもないのか、判断できない。

「あいつの言い方、むかつくし。それに、コタだって深水さんに知られたくないでしょ？　自分で言うほうがいいよね」

「まあな。言わないけど」

ちょうどBGMのとぎれたところだった。

「なにを？」

だから突然、観葉植物を挟んだ隣のテーブルからその声がはっきり聞こえた。

航太はぎょっとした。

テラリウムの陰から覗いているのは、まさに深水その人の顔である。

「ひえっ」

「って、ひとを魑魅魍魎《ちみもうりょう》のように」

深水は珍しく、冗談を言った。

「あ、あら。深水さんもいらっしゃったんですか」

亜沙子は、首を伸ばして隣の席を確認した。

「お一人ですか？　よろしければ、ごいっしょしません？」

「亜沙子――」

「じゃ、そうさせてもらうかな」

待て、まだ心の準備が、と言いたいのを堪《こら》え、航太はなりゆきを見守った。ごく自然な動作で、深水は亜沙子の隣に腰を下ろす。

向かいに坐《すわ》られたら、顔見られないじゃんよ……。

「お、餅か。うまそうだな」

深水の注文したものは、まだ来ていないらしい。

ということは、店に入ってきて、まだそんなに時間が経っていないということだ。

いや、前からいたにしても、この大音量だ。会話の大部分は、懐かしの90'Sにまぎれてしまっただろう。落ち着け、と自分に言い聞かせる。

「で、なにを俺に言わないって？」

蒸し返されてしまった。

「い、いや……」

「コタは、縹先生が嫌いだってことですよ」

「お前なあ」

なにを言い出すのだ、なにを。

焦ったが、深水は冗談と受け取ったらしく、

「そいつは困ったな。連載は、まだ当分続く予定なんだけど」

と、笑った。

「読んでませんから……」

正確には、バックナンバーを読んだが、今月号までチェックしようと思わなかった、とするのが正しいが。

「え?」

深水には、よく聞こえなかったらしい。耳に手を当てて乗り出してくるから、航太は逆に身をひく形になる。

「や、なんでもないです」

「気になるなあ」

「は?」

「気になる」

き、に、な、る、と耳元で強調するように繰り返されると、別の意味に思われてくる。人間とは都合のいい生き物だ。

そんなわけ、ないのに。

「はは。気にして下さい」

「いいの？　本気にしちゃうよ？」

深水は、濃い紅茶色の眸《ひとみ》をきらめかせた。

「えっ」

「初野くんは、縹先生が嫌い」

胸を衝《つ》かれ、落とされる。ジェットコースターに乗せられているような気分だ。

「や、でも、べつに縹先生的には、俺の評判なんかどうだっていいんじゃないすかね」

航太は、頭に手をやった。

「悪い人間じゃないんだけどね」

深水が苦笑した時、ようやく頼んだ品が運ばれてきた。

「あ、席移りました」

盆を手にきょろきょろする店員に、声をかける。天せいろ。

「それと、伝票まとめちゃって下さい」

「深水さん、そんな――」

「いいからいいから。おじさんにご馳走《ちそう》させてやるのも、若者の思いやりだよ」

「すみません、いつも」

亜沙子は、さすがに恐縮している。

二日の雑煮つき定食の代金も、結局深水が払ったのだ。

けれど、と航太は全然違うことを考えていた。

そんな言い方をすると、まるで深水と自分たちの間に、見えない境界線でも引かれているみたいに聞こえる。

自分との間、に。

そしてラインの向こう側には、決して行くことができない。

おごってもらったって、あまり嬉しくない。なんていうのは、贅沢《ぜいたく》な言い分なんだろうな。

ここはひとつ、あつかましい今どきのバイト君、でいったほうがいいのかもしれない。

「へへ。深水さんといっしょだと、得しますね。俺たち」

「あんたね」

今度は亜沙子が、呆れている。

「ちゃっかりさんなんだから。末っ子ちゃん」

「そういうキクちゃんだって、末っ子なんじゃないの」

深水が、不思議そうに訊いた。

「え?」

航太には判った。テーブルの下で、亜沙子の脛を蹴る。このあいだの仕返し。

「──末っ子だよな。姉さんいるし」

「あ、はい。そうそう、まあ、末っ子っちゃ、末っ子ですけども」

どういうとりつくろい方なのだ。だが、ともかく亜沙子は嘘を露呈させずに乗り切った。

「末っ子か……」

深水は天つゆに海老天を浸しながら、呟くように言った。

ただ、繰り返しただけだとも思えるが、慨嘆みたいにも聞こえる。

だが、たぶん、深水にその種のことを訊いてはならないのだろう。

──そういう家じゃないから。

その言葉が蘇《よみがえ》り、航太は複雑な想いに捉われる。

縹なら、恋人であれば、なぜいけないのか訊いてもいいのだろう。いや、既に知っているかもしれない。

口にしてはならない恋は、痛い。

縹のいないところで会えたって、結局近づくことはできない。

そのことを、いやというほど思い出させられ、心が塞ぐ。

気がつくと、じっとこちらを見つめる、深水のまなざしと出会った。深くて温かい、けれどどこか哀しげな。

なんで、そんな目で俺を見るの？

それだけでじゅうぶんだと思っていたのに、帰り際、ロッカーでダウンを羽織っているところに、また偶然に深水と行き会ってしまう。

「あれっ」

航太を見て、深水は彼らしからぬ、すっとんきょうな声を発した。

「よく会いますね」

航太のほうは、深水が入ってきた時からもう、ぎょっとなってどきどきしていたのだったが、見つかったとなってはしょうがない。

「ほんとだね。縁があるのかな」

なにげない一言に、また心臓がきゅっとなる。

「俺との縁なんて、ないほうがいいっすけどね——お先に」

まだ話していたいのはやまやまだったが、航太は、ロッカーの扉を潔く閉めた。

「あれ？」

深水の、驚いたような声を背中に聞く。

せっかくだから、お茶でも。

言えばよかったかな。歩き出しながら、航太は思い返した。前もそんなこと、思ったっけ。

思っただけで、実行はできなかったけど。

自分なんて、こんなものだ。邪魔してはいけない、なんていうのは建前で、本当は、迷惑がられるのが怖いのだ。うっとうしいと、思われたくないだけなのだ。

とぼとぼ街路を歩いていると、背後で走ってくる靴音が聞こえた。

それは、次第に迫ってくると、だしぬけに背中を叩かれる。

「ふ、深水さん」

航太は、飛び上がりそうになった。

「きみ、歩くの速いなあ。ちょっと待ってって言ったのに」

はあはあ息を切らしながら、深水は航太の肩に手を置いたまま、しばし呼吸を整える。

「な、なにか用っすか?」

我ながら、まぬけな問いかけだと思った。

「予定あるの?」

「えっ」

「ないなら、せっかくだからメシでも……っていう展開になるだろ、普通」

「……」

「さっさと帰っちゃうんだもんな」

深水は笑っている。額に少し、汗をかいている。

「すいません。気がきかなくて……」

お茶でも、と誘ってもよかったということなのだろうか。しかし、自分から誘うのも、なにか下心があるみたいで厭だし。

そう思い、じゃあ、深水はなんで自分を誘うのだろうと考えた。下心。まさかね。

「こんな場合、普通はメシでもって話になるから」――きっと、それだけだ。

けれど、それだけでも、自分が深水にとって、親しい間柄の人間になったということになるわけだ。

それだけでかまわない。航太はひっそり、ささやかな幸福を味わう。

そのまま肩を並べ、会社近くにある焼き鳥屋に案内される。

「おっさんばっかの店だけど」

深水の言葉通り、最近流行《はや》りのお洒落な店ではなく、赤ちょうちんに縄のれんという、オーソドックスなタイプの焼き鳥屋だった。

ドアを開けると、もうもうとした煙。

炭火から上がる煙と、タバコの煙がまざりあった、複雑な匂いがする。

カウンター席へ案内された。割烹着《かっぽうぎ》姿のおばちゃんが、投げるようにおしぼりを置いてゆく。

とりあえず、ビールを注文し、航太はそっと店内を見回した。L字型のカウンターと、仕切りで区切られたテーブル席が三つほどの小さな構えだ。

そのどちらも、中年以上のサラリーマンと見える人種が占めており、今この店の中の最年少は、どう考えても自分だという結論に至る。壁に貼《は》られた、煮しめたような張り紙に、「ホッピーあります」の文字。

「……ホッピーってなんですか？」

視線を戻し、航太は深水に訊ねた。

「ビールとチューハイの中間みたいな飲み物だよ」

「はあ？」

想像つかない。あいまいにうなずく。

「簡単に言うと、その二つを足してあるわけ」

なかなか、手強《てごわ》そうなしろものだ。

「適当に焼き物を注文して」

言われて、周章ててメニューを見上げた。ねぎま、つくね、梅ささみ、レバー、軟骨と思いつくままに上げる。

「レバー食べられるんだ？」

「あ、はい。レバーも皮も。てか、べつに食えないものはないんで。あ、ゲテモノ以外」

「なるほど……そうか。そんな感じだよね、初野くん」

「なんでも食いそうな感じってことですか？」

それはそれで、繊細さのかけらもない無神経と思われそうで哀しい。

だが、深水は、

「お母さんの育て方がよかったんだろうね、きっと」

莫迦にするどころか、感心したふうに言う。

「俺の持論として、親にかまわれずに育つと、偏食の多い子どもになるっていうのがあってね」

「そ、そうですか？　——そうかな」

「うん。なんでも食べられるように、ちゃんと躾《しつ》けられれば、好き嫌いのない人間になるだろう？　理論的に考えても。ほら、食育って言うじゃない」

そう言われれば、レバーもピーマンもニンジンも、気づいた時には抵抗なく受けつけるようになっていた。それが食育っていうやつなのだろうか。

「俺はだめだな。ひどい偏食だよ」

深水の次の言葉は、なんとなく予想していた通りだった。

「そ、そうなんですか？　——で、でも、うちの母ちゃん、そんな食育とか全然考えてなかったと思いますよ。めんどくさいから、ほら食べなって、なんでも口に入れられたんで、俺もいやいや食ったたってだけで」

「お母さんが食べさせてくれただけでも、いい育ち方してるじゃないか」

「そうかなあ……普通——あ、いや」

普通はみんなそうなんじゃないか、などと、たぶん口にしてはならないことを口にしかかり、航太はやや周章てた。

「——キクちゃんも、そんな感じだよね」

へどもどする航太をよそに、深水が話題を亜沙子に向ける。

「普通の、愛情いっぱいの家に育った、いい娘さんだ」

「はあ——いや、亜沙子のお母さんは、いいお母さんだと思いますけど」

何度か会ったことがある。いつも髪を後ろで束ねた、笑顔の印象的な人の顔を思い浮かべた。

「美人だし」

「ええ……って、亜沙子のお母さんのことですか?」

「キクちゃんのことだけど。お母さんもきれいなのか。そうか」

「はあ」

「……お姉さんも?」

ややあって、深水が静かに訊ねた。

「えっ」

「キクちゃんのお姉さん。初野くんの好きな人……なんでしょ?」

紅茶色の眸が、まっすぐこちらを捉えている。

どぎまぎして、航太は下を向いた。好きもなにも、そんな人物はこの世に存在しませんから……だが、そこでそれを明かせば、なんのために二人であんな芝居を打ったのかという話である。

「お姉さんは、知らないの？　初野くんの気持ち」

「……。あの人は、大人だし——俺のことなんか、弟ぐらいにしか思ってないし……」

しかたなく、航太は答えはじめたが、言いながらまるで、深水のことを話しているみたいだと思った。そして、そう思えば、あんがいすんなりと言葉が出てきた。

「なに考えてるのか、全然判らないし——気持ちを知ったところで……それに、彼氏いるし」

「えっ、そうなの？」

深水は、驚いたように目を瞠る。

いるじゃんか……航太がほとんど、深水のことを「亜沙子の姉」に仕立て上げて、遠まわしに告白していることなど、もちろん深水は知る由もない。

「そりゃいますよ……美人だし優しいし。亜沙子みたいに気が勁くないし」

「そうか……彼氏がいるのか……」

深水は熱燗《あつかん》に変えている。杯を口に運びながら、嚙《か》みしめるように言った。

航太の二杯目は、噂の「ホッピー」だ。焼酎《しょうちゅう》と氷の入ったグラスに、ビールの小瓶がついてくる。自分で注ぐシステムらしい。だが、ビールが余る。

「次からは、『上だけ』って頼むんだよ」

なるほど。

が、ビールを空にしてしまうためには、あと二杯は飲まなければならなさそうだ。倒れやしないだろうか、おれ。

思いながらベーコンで巻いたプチトマトを口に入れる。

「うわぁちっ！」

とたんに、トマトが潰《つぶ》れて、熱したその中身が口の中にはじけた。航太は飛び上がる。

「だいじょうぶ!?」

「兄ちゃん、それ熱いよって、ちゃんと注意したじゃない」

深水と、店のオヤジがほとんど同時に言い、航太はおしぼりで口を押さえながら、なんとかトマトを飲み下そうとする。

「氷、もらえますか」

深水がオヤジに頼み、小皿に載せられた塊を、航太の口許に運んでくれた。

「これ舐めて。ちょっとは楽になるから」

涙目でうなずき、航太は氷を口に入れた。

「あー、びっくりした」

深水は背凭《せもた》れに肘をつき、安心したふうに言う。

「ふはみはん、ははひぃんれふね」

もごもごしながら、やっとそれだけ返した。

「ん？　なに？」

「――深水さんは、優しいです、って」

やっと喋《しゃべ》れるようになり、冷たい舌を感じながら航太は二度繰り返す。

「優しかないよ、全然」

だが、なぜか深水はそれを聞くと、苦々しげな顔になる。

「そんなこと」

「そりゃ、多少は親切かもしれないけど、優しいっていうのとは違う。優しいっていうのは、初野くんのような人のことを言う」

「俺？　俺のほうこそ、べつに優しくなんかないですよー。おバカだし、なにも考えてないし」

「初野くんは、考えてるさ。いろんなことを、濃《こま》やかに」

きっぱりとした物言いに、航太はそれ以上抗《あらが》うのをやめた。

それでもやっぱり、深水が優しくないというのは違うと思う。

そう考えているのが伝わったのか、

「俺ね、一度結婚に失敗してるんだ」

だが次に、思いがけない告白を聞いて、航太は唖然とした。

「は？　いや、でもそんな話全然……」

バツイチだなんだという話なら、亜沙子が仕入れてこないはずはない。そう思ったのだが、

「学生時代の話だからね。二十歳で、同級生で、いわゆるできちゃった婚」

「……」

「親が大反対してね。愛情もないくせに、体面だけは重んじる家風だったから……ほとんど勘当同然に家を出て、大学の近くのアパートで暮らしはじめたけど、学生同士のことで、うまくいくはずなんかなかった。俺が学校をやめて働けばよかったんだが、将来のことを考えると、それも踏み切れず。結局彼女のほうが中退して、会社勤めをはじめて……職場で男を作って」

「！」

航太は目を瞠った。それは、不倫ということなのだろうか。不倫された。深水ほどの男が？

「なんでなんだって問いつめたら、あなたは優しくないって逆に責められた。その男のほうが、千倍も優しいんだそうだ――それだけならまだしも、俺は彼女を愛してたわけじゃないんだって、そうも言われたよ。ただ、自分だけの家庭がほしかっただけなんだって」

「そんな」

「それでも――それでも子どもがいるうちは、なんとか関係を修復してちゃんとした家庭を築こう……努力はしたんだ。だが、その子どもも、肺炎をこじらせてあっけなく……それで、虚

構の結婚生活もジ・エンドさ」

深水は、自虐的な笑みを頬に浮かべた。

「そ、それは――なんというか、でも」

深水が「優しくない」証明にはならないのではないか。ただ、一人の女がそう思ったという
だけで――しかも、夫を裏切って別の男に走るような女。会ったことも名前すらも知らないそ
の相手を、航太は一瞬憎悪した。

「でも……深水さんが優しくないなんてことはないと思う……」

女を憎んでもしょうがない。思いなおし、繰り返した。

「だからね、初野くん」

深水は、航太の言ったことなど聞こえていなかったかのようだった。

「俺は、誰も愛したことがないいんじゃないかと思う」

「そんな」

「誰も、本当には……あいつの言った通り。それが正しいんだろう、きっと……」

「酔ってるんすね、深水さん」

「それが、生まれ育った環境のせいだなんていう気はないけど――誰も愛せない俺は、きっと
寂しい生涯をまっとうするんだろうね……」

「で、でも、その……」

縹のことはどうなるのだ。彼は恋人ではないのだろうか。べたついた関係でないのは薄々察していたが、それが大人の流儀だと考えていた。

だが、もしそうでないなら――ほんとうは、誰かを愛したいのにできないのだとしたら――

いや、そんなことを今口にする権利は、自分にはない。

――誰か、ほんとうに愛せる人を探したほうが、いいんじゃないですか？　などとは。

「だからね。俺は冷血な男なんだよ」

深水は、かえってさばさばした顔になった。

「きみはいいね。友達思いだったり、若いのに、場の雰囲気が悪くなれば必死でフォローしようとしたり――優しいのはきみだよ」

「……」

友達思いというのは、亜沙子にノートを届けたことを言っているのだろうか。場の雰囲気をとは、いつの話なのか忘れてしまった。

そんな些細《ささい》なことを憶えている。深水の目に、そんな自分はどう映っていたのだろう。コンプレックスを刺戟《しげき》する、目障りな存在？　――なら、なんで誘ってきたりするのか。

大人の考えていることだ。自分にはきっと、判りようもないことで……それがもどかしく、痛い。

なんで一回りも年上の人なんか好きになっちゃったんだろうと、自分の感情を自分でもてあました。

それよりも、深水が誰も愛せない人間だと知ったことは、航太をかなり複雑な気分にさせた。

それでも深水には、れっきとした恋人がいるという事実。

愛してなくても、つきあえるのか。

縹はそのことを、知っているのだろうか。

いや、知っていようがいまいが、自分にはなんの関わりもないことなのだが。縹のほうが本気なのだったら、それはひとごとながら辛い話だと思う。二十年間生きてきて、そんなケースには初めて出会った。

自分にはきっと、まだまだ知らないことがたくさんある。

この恋が破れたら——早晩破れるのだが——、心の中には何が残るのだろう。

7

明日から大学が始まるという日、航太《こうた》は朝から出勤し、各部署に挨拶《あいさつ》をして回った。なんだかんだで、いろいろな課の飲み会などに呼ばれたため、顔見知りは多い。

その上、営業部では送別会をやってくれるという。

航太は恐縮してしまったのだが、青野《あおの》と進藤《しんどう》が中心となって、なにやら企画しているようだ。最後だと思えば、それ以上断る理由もなく、ありがたく受け入れることにした。

「そうこなくっちゃ」

青野は航太の肩を叩《たた》き、自席へ戻っていった。

「あの……あんまりおおげさなこと、しないで下さい」

それでもやはり、気がひけて、航太は遠慮しいしい進藤に言った。

「たいしたことはしないわよ。なんだかんだ理由つけて、飲みたいだけなんだから。みんな」

「……。そうですか」

「もちろん、そこに初《はつ》ちゃんがいれば、よけい興が乗るってわけだから、だしに使われたなんて思わないでね？」

進藤は、ちゃめっけたっぷりにこちらを見る。

「は、はい。もちろん」

そんなことは、考えてもみなかった。

午後になって、編集部にも挨拶に行かなきゃと思っている時、お使いを頼まれ、最後の務めを果たすために外に出る。

戻ると、会社の前で見知った人影を発見した。

縹《はなだ》は、ちょうど姿を現したところだった。すぐに航太に気がつき、形のいい唇を歪《ゆが》める。

「なんだ、まだきみ、いたの」

口を開けば、刺々《とげとげ》しい言葉だ。美しい顔に似合わぬ毒ばかり吐く。もっとも、きれいなバラには棘があるというから、縹の口が悪いのもあたりまえといえばあたりまえなのかもしれない。

「今日で終わりです」

航太は、素直に答えた。

「へえ。そうか、そろそろ学校が始まる頃か」

「はい。明日から」

およそ初めて、縹と普通の会話をした気がする。おかしくなってしまった。

「なにがそんなに愉《たの》しいわけ？」

縹はすぐに、ハリネズミモードに戻ってしまったが。

「いや……縹先生は、原稿を届けにいらっしゃったんですか？」

「きみねえ、今どき、原稿なんて普通、データ送信だよ」

莫迦にしたように言う。

「や、でも、前に……」

初めて顔を合わせた時、縹はたしか、『ミュージック・ジャーナル』に原稿を渡すためにやってきたのではなかったか。

「今日はデートだから」

すると縹は、にやりとした。

「ついでなので、直接入稿するかと思ってさ」

あい変わらず、航太の羨望《せんぼう》を誘うようなことを言うが、深水《ふかみ》からあんな話を聞かされた後では、それは羨《うらや》むどころではなかった。

縹は、深水の過去を知っているのだろうか？　ふたたび同じ疑問が巡る。

「そ、そうですか。幸せでいいですね」

すると、眼前で、長い眉がきゅっと上がった。

「それ、厭味《いやみ》？」

「えっ」

縹は航太をひと睨《にら》みすると、さっさとオフィスビルの中へ消えてゆく。

しばし茫然《ぼうぜん》として、航太はガラス扉の向こうへ去った後ろ姿を眺めていた。今のは、どういう意味だったんだろう。

気を取り直して、自分もエントランスへ向かった。街路から近づいた人影が、さっと航太の前に回りこんだ。

「？」

航太は足を止め、現れた男を見る。長めの髪に、ハンチング。皮ジャケットとデニムという、ラフな身なりからは、その正体は窺《うかが》い知れなかった。

「きみ、ここの人？」

口を開くと、尖《とが》った犬歯がちらと覗《のぞ》き、野卑な表情になった。

「あ、はい。というか、ただのバイトですけど」

しかも、今日でおしまいだ。ここの人？　という問いを、物哀しく反芻《はんすう》する。

だが、男は航太の寂寥《せきりょう》感など斟酌《しんしゃく》するはずもなく、

「今の、縹瑞希《みずき》だよね。作家の」

「ええ——それがなにか？」

「きみ、親しいの？　センセイと」

「……いえ、顔見知りな程度ですけど」

ようやく警戒心がわいてきた。縹について、なにか訊《き》き出したいというのだろうか。

「美形だよね。業界きっての美青年で、竜崎顕一郎《りゅうざきけんいちろう》のご寵愛《ちょうあい》を受けてるってのも判るよな。あの、口やかましい耽美《たんび》派に気に入られてるのが」

「……それが」

「いやいや、きみには関係ないことだった。失礼……その縹のセンセイのことで、なにか噂話とか聞いたこと、ない？」

「て言われても」

ますます油断なく身構えた。

「具体的に、どういう『噂』なのか言ってもらわないと、判りません」

「うーん。若くて健全そうなきみみたいな子に言うのもなんなんだけどね……たとえば、極東《きょくとう》ミュージックの担当編集者と、件《くだん》のセンセイがデキている、みたいな？」

心臓が跳ねた。次いで、どきどき脈打ちはじめる。

「なにをおっしゃってるのか、さっぱり判らないんですけど」

走り出した鼓動に気づかれぬよう、できるだけにべもない口調を努めた。深水と縹のことが、外部に漏れている……？　そんなことを訊いてくる、この男はいったい誰なんだ。

「ああ、申し遅れました。俺は、こういう者です」

胡散臭《うさんくさ》く思われているのを悟ったか、男はジャケットの内ポケットに手を入れた。

差し出された名刺を、航太はしげしげ眺めた。『週刊アタック』青柳《あおやぎ》。

その雑誌なら知っている。ゴシップ専門の写真週刊誌だ。政治家から芸能人、スポーツ選手などの有名人のスキャンダルを嗅《か》ぎまわり、面白おかしく書きたてる――。

そう判った瞬間、また胸がヘンな具合に絞られるのを感じた。次いで、背筋に悪寒。まさか、深水がそんな、三流ゴシップ誌のターゲットに？

――いや、縹が相手となれば、話は違ってくるのかもしれない。ただの会社員にすぎなくとも、有名人とつきあっているというだけで、一般人も追い回す。それが、『週刊アタック』の常套《じょうとう》手段だ。

「まさか」

航太は笑ってみせた。

「そんなの、ありえないっすよ」

「だって、ものすごい男前なんでしょ？　その担当者っていうの。たしか――」

「だったらどうなんですか」

「面白いじゃない」

青柳はにやりとした。ますます下品に見える、そんな表情をすると。

「文壇のアイドルが、超イケメン編集者と熱愛！　みたいな？　作品はマニアックだけど、あのルックスだろ。人気あるんだよね、縹センセイ。それが、担当編集者とデキてるなんていったらもう」

「だから、ありえませんから。その人がホモなんて」

「あのね、そりゃあね、普通同性愛者なんていうものは、性癖を隠そうとするもんだよ？　でも、極力隠しおおせたつもりでも、零《こぼ》れ落ちる真実っていうのを我々は——」

暴きたてる権利なんて、ひとつもないじゃないか。

胸に、小さな炎が燃え上がった。

「ありえないんです。その人、彼女さんいますし」

「偽装かもしれないよ？」

「っていうか」

しつこく食い下がる青柳を、キッと航太は見据えた。

「俺、コクったけどふられましたから。自分にはそういう趣味ないからって」

「きみ——」

「厭なこと、思い出させないで下さい。失礼っすよ、縹先生にも」

言い捨て、航太は、啞然《あぜん》とする青柳をその場に置いて、さっさとドアの中に入った。

その場ではそれですませたものの、フロアに戻ってしばらくすると、ひたひたと後悔が押し寄せてきた。

あんなこと言っちゃって、ほんとによかったんだろうか。

かえって、青柳のゴシップ記者魂に燃料を投入してしまったんじゃなかろうか。

いいや、ともかく深水に累が及ばなければいいんで、縹や自分のことは、いくらでもホモだ異常性愛者だと書き飛ばしてくれてかまわない。縹にしてみれば、ある意味有名税なのだろうし、ここは深水のためにも我慢してもらわねばなるまい。

いささか身勝手な言い分であることは、承知の上だ。

深水に、厭な思いをさせたくなかった。

いや違う。航太の内側で、もう一人の自分が心の壁を叩く。

ほんとうは、あの二人が「できている」ことを、誰かに思いっきり否定してみせたかったのだ。

関係なんかないと。深水に、恋人なんていないと。

嘘でもよかった。違うと言うことができればよかった。

莫迦みたいだ。そんな自分に、がっかりする。深水のためなんて言ってみせたって、結局は自分のため。つまらない自分の、勝手な感傷のため。

それだけなのだ。

送別会は、会社近くの居酒屋で行われた。

柏木《かしわぎ》に連れられて、何度か足を運んだことのあるあの店である。

二部屋ある座敷を仕切る襖《ふすま》を取り払えば、二十人以上収容できる宴会場が現れる。

といっても、そこまで人数は多くない。各部署、参加者は業務を終えてから合流するということらしい。終業時間がきて、航太が店に入った時、いたのは直帰した青野と、他何人かだけだった。

「おお、主賓がきたか」

彼らの前の卓には、早くもビールのジョッキが置かれている。

青野は航太をむりやり上座に着かせると、

「では、心おきなく飲もうではないか。第一回乾杯！」

ジョッキを高く差し上げる。

第一回、って……。

「なにかにかこつけて、ただ飲みたいだけ」という進藤の言葉は、あながち誤ってもいなかったようだ。

自分がいればより愉しい、というほうも信じれば、そんなに気落ちもしなかったが。

とにもかくにも、航太の前にもメニューが差し出され、

「とりあえずビール？」

青野の問いに、

「あ、いや、俺はホッピーで」

ついそう応じてしまったのは、深水といっしょに飲んだ夜のことが記憶に新しかったためだろうか。

「ホッピー！　通だね、初ちゃん」

青野は嬉《うれ》しそうに叫ぶ。

「つ、通、っすかね……」

何杯目のビールなのだろうと、その赤らんだ顔を眺めながら思った。

「しかし、なんだな。初ちゃんは永遠にうちにいそうな気がしてたけど、もうお別れなんだな……」

経理の村上《むらかみ》という、若い社員が慨嘆する。

「永遠にって」

航太は苦笑した。

「うん。初ちゃんインパクトあったからねえ。のっけからソーター機能ぶっ毀《こわ》してさ」

う。青野のなにげない一言に、過去の——といっても、ほんの数週間前のことだが——失敗が蘇《よみがえ》る。

「初ちゃんの『すいませんっ！』が聞こえると、ああ、またうっかりしたんだなって思ったよ」

　経理部とは同じフロアなのだ。失敗もなにもかも、すっかり見られている。

「……すいません」

「あ、出た」

　一同、どっと湧《わ》く。

「まあ気にすんな。会社の存亡には関わっていないから」

「……はあ」

　そう言われれば言われたで、会社にとって自分なんか特別重要な人間ではないと言われたような気がして、寂しい気もする。

「ま、いつか関わるかもしれないけどね」

「む、村上さん。どういう意味っすか、それ」

「だって、初ちゃん来年就職だろ？　うちに決まるかもしれないじゃん」

「そんな……」

　意表を衝《つ》かれた。そんなことは、思ってもみなかった。たしかに、居心地のいい職場だったし愉しかったが、ふたたびここへ戻ってくる可能性など、想像していなかった。

「や、でも、マスコミは競争率烈《はげ》しいし……」

ぼそぼそ言いかかるのを、

「だいじょうぶだよ。きみにはコネがある」

「こ、コネ？」

「だから、俺とか。こいつとかこいつとか」

青野は、その場にいる人間を一人一人指さす。

「おう。俺が面接官なら、初ちゃんを採用するぞ、迷わず」

と、村上。

「――はあ」

「あ、今、俺が面接するほどエラくなる頃には、自分なんかとっくに就職して、なんだったら俺より出世してるかもとか思っただろ？」

「いえっ。そんなことは」

航太は、ぶんぶんかぶりを振った。

「っていうか、経理のお前が面接はやんないだろ」

「いや。そのうち人事に異動になるかもしれんし」

「お前に人事任せるような会社には、勤めていたくないなあ」

「お。聞いたぞ、その言葉。俺が人事になったら、まずきさまの首からかいてやる」

「――口だけは大物なんだよな」

青野が、片目をつぶってみせた。航太は、はは、と力ない笑いを返すしかない。

「こんばんはー。遅くなりました」

襖の外が騒がしくなり、からり開いた間から覗いたのは、亜沙子《あさこ》の顔だった。

航太ははっとした。その後ろに、深水の姿を認めたせいだ。

「おお、華がきた、華が」

男たちは、とたんに相好を崩す。

「お待ちしておりましたよ、お嬢さま」

「なんですか？　ハナはハナでも、顔の真ん中にあるハナだなんて思ってるんじゃないですか？」

亜沙子はブーツを脱ぎ、上がってくる。

深水も、それに続く。

最後まで見ていられず、航太は視線を逸《そ》らした。昼間のできごとが、頭に蘇《よみがえ》っている。

青柳。

あのゴシップ記者は、深水に接触を図っただろうか。

そうだった場合、深水はどう対処したのだろう。

自分のついた、つまらない嘘のことが、なにか大罪みたいに心にのしかかってくる。

あんなこと、言わないほうがよかったのだろうか。

けれど、そうしなければ青柳は、職業的好奇心に駆られるまま、深水を追い回すかもしれないのだし――。

考えるうち、判らなくなる。自分のしたこと。よかったのか、悪かったのか。

ただ、こちらを見る深水の目は、特別なにか意味のありそうなものではなく、ただ深い憂愁がいつものように浮かんでいるだけである。

今となっては、なぜそうなのかが航太にも判っている、深水の憂い。

「ホッピー？」

ごく自然な動作で航太の向かいに腰を下ろしてきながら、深水が問うた。

視線は、航太の手元を見ている。

「あ、はい」

「じゃ、俺も同じで」

「ホッピーってなんですか？」

亜沙子が誰かに訊いている。

だが、他の会話はその瞬間からろくに耳に入らず、航太はただ目の前にいる男をのみ意識することになる。

隣と、なにげない会話を交わす声。グラスを持ち上げる手。リズムをとるように、テーブルを叩く長い指。

その、すべてが。

好きだった。泣きたいくらいに。その人を庇《かば》って、愚かな嘘をついてしまうほどに。

もうじき、その手や指を見ることもなくなる。

この声も、聞けなくなる。

接していたのは、ほんの僅《わず》かな期間だけなのに、そのことがたまらなく寂しい。

「コタ、どうしたの?」

無言でグラスを口に運ぶ航太に、亜沙子が気づく。

「――えっ?」

「なにぼけっとしてんの」

その言葉で、何度か呼ばれていたらしいと気づいた。

「え、い、いや? べつに、なんもだよ」

航太は周章てて返した。ついでのように、残っていた酒を飲み干す。

「おお、いい飲みっぷりだ」

「お姉さん、ホッピー、上のほう、もう一丁!」

「あ、あの――」

「ついでに、こっちお銚子《ちょうし》もう一本ね」

気がつけば、ずいぶん人数が増えていた。柏木の姿もある。あまりに周囲の若い社員たちの中にとけこんでいるため、気づかなかった。

そして自分も、かなり飲んでいるようだ。顔の火照り具合から、そう判断し、航太はがっかりした。なにやってんだ俺。

深水を、そっと窺う。

いつものように、穏やかな顔で飲んでいる。

青柳のことを、また思い出した。縹によほど執着しているらしい、あの男。深水のことには触れないまでも、あることないこと書かれたら、深水はどう感じるだろう。

傷つけたくない。

かといって、自分にはなにもできない。せいぜい、どうかそんなことにならないようと祈るぐらいが関の山なのだ。

無力な己が、口惜しかった。

そんなことを思いながら、いつしかまたぼんやりと、深水を眺めていた。

その視線が、ふと動いてこちらを捉《とら》える。

航太ははっとして、ぎこちなく視線を逸らした。

いや、こんなことではいけない――思い直して、ふたたび見ると、深水はなにか言いたそうに口を開きかけた。

なにを言おうとしたのか、しかし知る機会が巡る前に、ふいに視界を人影が独占した。

「初ちゃん。まあ一杯いこう」

柏木だった。銚子を手にして、にこにこ顔。

「あ、俺――」

「なんだ。猪口《ちょこ》がないな。おい、誰か初ちゃんにお猪口やって」

柏木が気軽な調子で声をかけると、

「はーい。これ、新品でーす」

すぐに回ってきた。

「――すいません」

俺の酒が飲めないと言うのか？　などとわめく、あの手の酔っ払いではないことは判っているが、そういう意味でなくとも避けられない杯ではある。バイト初日から、今日の終了時まで、数々の迷惑をきっとかけた。ということは、部署のトップである柏木が、まとめて責任をとっているわけで、その相手からすすめられた酒は、やっぱり飲まなきゃまずいんだろうなと思う。

「どうも、今日までお疲れさん」

航太が杯を干し、柏木に返杯しようとすると、柏木はそれをかわして「もう一杯」と銚子を傾けてくる。

「や、俺なんかほとんどなんの役にも立ってないっつうか……」

労《ねぎら》われているのなら、それはそれで恐縮する。航太は首を縮めたが、柏木は、

「いやいや。初ちゃんといると、愉しかったよ」

と、進藤たちと同意見みたいだ。

「……そんならいいですけど」

愉しんでいただいて、どうもありがとうございますとでも言うしかない。

「それで、ものは相談なんだけど」

柏木はようやく航太の杯を受けた。

「初ちゃん、よければ春休みも来てくれない？」

「えっ」

意外な言葉に、航太は目を瞠《みは》る。

「いやいや。無理にとは言わないよ？　就職活動もあるだろうしな……でも、もし初ちゃんさえよければ就職の相談にも乗るから」

「――は、はいっ」

思わず、いずまいを正していた。

「ぜひ！　……って、就職って？」

「よかったなあ、初ちゃん」

青野がばしっと背中を叩いた。

「村上なんかより、ずっと強力なコネ、摑《つか》んだじゃん」

「おい、そりゃどういう意味だよ」

ブーイングを上げた村上も、

「よかったな」

と、航太には笑顔を向ける。

「は、はい……」

まだ、どういう種類の幸運が自分を見舞っているのかもよく判らない。

ただ、またアルバイトにくれれば、深水と会える……もう会えなくなるなんて、ほんの数時間前にペシミスティックになっていたことが、嘘みたいだと思うのみだ。

「部長ー。私はどうなるんですか？」

亜沙子が、斜め前から言った。

「キクちゃんは、だってもはやわが社の仲間じゃないか」

柏木は、そちらにも笑顔で答えた。

「ほんとですか？　強力なコネ？」

「コネだとも」

「ちょっと、柏木さん」

ミュージック・ジャーナル編集長の菰田《こもた》が、苦笑しながら口を挟んだ。

「勝手にひとの部署の人事を決められても困るな」

「って、私は菰田さん的にはいらない子なんですか？」

亜沙子に詰め寄るようにされると、

「いや。まったくそんなことはない。キクちゃんはうちの宝だよ」

たじたじとなるから情けない。

「色気ねえけどな」

誰かが冷やかす。

「まっ」

「色気は、そのうち出てくるさ。なっ、初ちゃん？」

柏木に振られ、航太はえっと目を剝《む》いた。

「じゃあ、もしかしたら私たち、会社までいっしょってことに……？」

亜沙子が、初めて気づいたように航太を見る。

「おー、そういえば、きみらは幼稚園からの幼馴染みだったんだっけ」

「同じ幼稚園、同じ小学校、同じ中学校、同じ高校、そして同じ大学」

「それでいっしょに入社するんなら、あとはもう同じ屋根の下に住むしかないな」

口々に、皆勝手なことを言いはじめた。

深水は、そんな冷やかしの輪に加わることなく、ただ愉しそうにグラスを傾けている。

やはりそちらが気になって、航太はちらちら見たが、二度と視線が絡むことはなかった。

十時を回って、ひとまずお開きということになった。

柏木が会計をすませる間、ほどよく酒の入った連中は外で、次はクラブだカラオケだ、と盛り上がっている。吐く息が白い。

ぱりんと音を立てて割れそうな、雲のない空を見上げ、航太は早くも春休みに思いを馳《は》せた。

「――初ちゃんもいくだろ？」

青野に肘《ひじ》をつつかれ、えっと向き直った。

「カラオケ。そこの先の、ビッグエコー」

「あ、はい。でも……」

航太は、前方を気にしながら躊躇《ちゆうちよ》した。

二次会に混ざらない者は、三々五々散ってゆく。

視界の先に、その中の一人である深水の姿が映っている。

「ちょ、ちょっと待ってて下さい」

なにか一言、声をかけなければ今日という日は閉じることができない。

なぜだか、そんな気がしていた。航太は小走りに駆け出す。

「ふ、深水さん」

呼びかけると、深水の背中が制止した。

ゆっくりと振り返る。自分が追いかけてくることを、あらかじめ知ってでもいたような挙動だと、なぜだかそう思った。

言いたいことはいくらでもあったのに、いざ向き合ってしまうと、なにひとつ言葉にはできなかった。

「――帰っちゃうんですか？」

出てきたのは、そんなどうでもいいような問いかけ――帰ろうとしている人間を、わざわざ呼び止めてまで言うことではない。

「明日、早いんでね。悪いけど。初野くんは、愉しんでくるといい」

深水は、口元をくぼませた。

「俺、俺だって明日から学校ですよ」

はぐらかされたような気がして、つい逆らうようなことを言ってしまった。

「そうか」

「……デート、ですか」

おそるおそる訊《たず》ねた。青柳。気をつけなければならない。けれど、どうやってこの人にそれを知らせたらいい？

だが、深水の反応は予想外のものだった。

いつも穏やかな顔が、わずかに眉を上げただけでよほど剣呑《けんのん》な表情になる、ということを知った。

「それがなにか?」

怒らせた?　でも、どうして?

判らない。航太は内心おろおろした。

「いえ、そうかなって思ったから……」

とでも言うしかない。

「いや、ごめん」

深水は、思い直したふうに顔つきを和らげる。

「すいません。ヘンなことを訊《き》いて」

「いや。俺のほうこそ……きみに邪険にするつもりじゃなかったんだけど」

「な、なにかあったんですか」

青柳の顔が、目裏《まなうら》にズームアップされてきた。

「?　いや。べつに」

だったら、なんで一瞬とはいえ、不快そうに表情を歪めたのだろう。

判らないまま、航太はその場に立ち尽くす。

冬の夜風が、街路に冷たく吹きつけた。

後期試験の初日、航太は、試験の出来を気にしつつ教室を出た。

足早に校門へ向かい、はたと気づく。もう、アルバイトは終わっている。急ぐ理由なんて、どこにもないことに。

深水に会えない毎日。けれどそれは、これから先ずっと続く。もう会えないんだと思えば、気持ちが塞《ふさ》いだ。

なんでもないこと。出会う前の日々に戻るだけだ。次には、自分に言い聞かせた。深水なんて最初から知らなかった。そういうことにしてしまえばいい。

欺瞞《ぎまん》だとは、判っていたが。

門を出たところで、ぎょっとする。

もう一人、いなかったことにするべき人物を、そこに見いだして。

「遅いよ」

縹は、責めるような口調で言う。黒いサングラスにまっ黒なコートという姿が、まるで鴉《からす》か死に神を連想させる。どっちにしても、不吉だ。

その上、ひどく目立った。校門から吐き出されてきた学生が、ぎょっとしたようにこちらを見た。

これ式で、今まで何人を怖れさせていたのだろう。

「ま、こっちが勝手に待ち伏せてただけなんだけどね」

すいませんと謝る前に、縹はしゃらんと言った。塀に凭《もた》せかけていた背中を浮かす。

考えてみれば、こちらが謝る理由なんて、ない。

「な、なにか？　俺に用ですか」

航太はやっと、それだけ訊ねた。

「きみに用がないのに、なんでこんな寒風吹きすさぶ中、何時間も立ってなきゃならないんだよ。この俺が」

「そんな何時間もここで——」

「というのはまあ、オーバーだけどね。行こうか」

促され、はいと答えそうになった。間一髪で思い直す。

「行くって、どこにですか？」

「どこでもいいよ。話のできるところなら。ここは寒すぎる」

話というのは、なんなのだろう。

しかし、今それを訊いても、「こんな寒いところで話なんかできるか」などと言われそうだった。

自分が特別なだけなのだろうか。こういう場面で縹に逆らえる人間は、あまりいない。そう思う。

結局、従うことになる。

大学近くの喫茶店で、向かい合った。カフェではなく、「喫茶店」としか呼びようのないそこは、学生をあてこんだ店で、とにかく盛りがいいので有名だ。

だがもちろん、縹は食事をしたいわけではない。「ブレンド」とそっけなく言って、メニューを戻す。

「あの、俺、なんか食ってもいいですか？」

ところが航太は空腹だった。おそるおそる訊ねると、

「きみが勝手に、きみの財布から払う以上、なんなりと食えばいいだろう。俺にはべつに関係ない」

いつものごとく、不遜《ふそん》な調子だ。

大盛りのナポリタンセットを頼み、あらためて縹と向き合う。

「それで、話っていうのは」

気になっていたことを訊ねた。

縹は、意味ありげな目つきでこちらを見た。

「な、なんですか」

「その前に」

コートの下も、黒ずくめだ。ポケットから取り出したタバコに、火をつけた。

「訊きたいことが、他にあるんじゃないの」

ふうっと煙を吐き出す。

そのゆくえを、見るともなしに追い、航太は、

「って……」

意味が解せない。

「深水のこと」

「……」

「たとえば元気にしてるかとか、最近デートはしてるのかとか。俺がきみなら、いろいろと知りたいけどね、好きな人のことは」

「そ、そんな……」

たしかに、気にならないかといえば気になるが、縹に訊ねるという発想はなかった。航太は正直にそれを言う。

「なんだ。きみは案外、冷たいんだな」

「……と言われたって……」

「まあいい。俺もべつに、深水の近況を語りにきたわけじゃない。知りたければ、自分で連絡なりとればいい」

だったらなんで、そんなことを言うのか。

コーヒーと、ランチセットのスープとサラダが運ばれてきた。

縹は優雅な手つきでカップを持ち上げる。

「意外にいける」

一口啜《すす》って、蒙《もう》を啓《ひら》かれた顔になった。

どんなまずいコーヒーを想定していたのだろう。学生相手だが、気合いの入らないメニューを出す店ではない。少しだけ、誇らしい気分になる。

いや、それよりも。

「話っていうのは……」

繰り返しながら、心の隅で、あまり話したくもない話なのではないかと予想した。

すると、

『週刊アタック』の青柳って記者」

あんのじょうだったのか、縹は言いたくなさそうにその名を口にした。

というか、吐き捨てた。

「きみ、知ってるよね?」

「あ……」

ようやく合点がいった。あの話か。

しかし、そうすると、青柳は直接縹に取材をかけたのだろうか。

「あの人、縹さんのところに……?」

「なにを考えてるのかは知らんが、俺の担当編集者にまで、特攻しやがった」

「……」

「といっても、深水にじゃないけどね。『創明社《そうめい》』の担当だが」

標はまた、ふうっと煙を吐く。

「あのクソ野郎。俺がホモセクシャルで、『極東ミュージック』の担当とそんな関係だなんて記事を書きたかったらしい。きみにも」

灰皿に灰を落とし、航太を見た。

「なにか知ってることはないか、訊いたんだろ?」

「……はあ」

そこまで知られているなら、隠すこともない。もともと、標自身にまつわる話なのだし。

航太はうなずいた。

「まったく、バイトと社員の区別もつかないくせに、嬉しそうに嗅ぎ回りやがって。ああいうのは、社会の害毒だな。生かしておいても、ためにならん」

「……って、まさか」

なにか青柳に、標は制裁を加えたのだろうか。

「まさかだよ。なんで俺が、あんな虫けらに手を上げたり、屠《ほふ》ったりする必要がある?」

「そ、そうですよね……」

ほっとした。

縹は、呆れたような目で、そんな航太を眺めている。

「で、きみはその時、なにやら面白いことを奴に言ったとか？」

「え……」

背中を、冷や汗が伝っていった。青柳は、そんなことをこの、誇り高い佳人に喋ったというのか。

「てっきり、『極東』の担当となにかあるのかと踏んでいたが、『聞くところによると、その編集者には同性愛の気はないんだとか？』だってさ」

「……」

「若くてかわいい、あちらの会社の従業員が、ふられたって言ってたって……それ、きみなんだろう？」

「……はあ」

航太は下を向く。冷めかかったコンソメの表面に、自分の影がぼんやり映っている。

「まあ、おかげで、何週か先の『アタック』に、俺のホモスキャンダルは出ないことになったんだけどね」

縹は、狡《ずる》そうな目つきになった。

「でも、きみが護《まも》りたかったのは、俺じゃない。そうだろ？」

今度も航太は、言葉を失った。ええ、そうですよなどと答えるのは、なにか失礼な気がする。

「そんなに深水が好きなのか？」

目を上げた。縹は意外にも、優しげな目でこちらを見ている。

かつて一度も、見せたことのない表情だった。

「俺は……深水さんにもだけど、先生のスキャンダルなんて読みたくもなかったし……」

ぼそぼそと、航太は言いかけた。

「正直言って」

それを遮るように、縹が続ける。

「きみには礼を言わなきゃならない」

「——え？」

耳を疑った。それは、自分に感謝しているということなのだろうか。

いやもちろん、縹にだって、誰かに感謝することぐらいあるだろうが、この自分にそうするなどとは、思ってもみなかった。

「もちろん、深水だけのためにじゃないけどね」

縹は二本目のタバコに火をつける。

「というか、俺はどんな噂をたてられようが平気なんだけどね。もともと、業界内じゃ公然の秘密で通ってるし、俺の性癖なんかは」

「……はい」

「だからって、その相手はこんな奴だなんて具体化されるのも美学に反する。うすうすみんな知ってるけど、実際どうだか判らない、っていう、この状態がいいんじゃないか。ねえ？」

よく判らない。美学がどうとか。航太は、あいまいに微笑《ほほえ》んだ。

「しかし、深水はただの会社員だからね。といって、奴に迷惑をかけるのが心苦しいってわけでもないけど。いくら男前だろうが、単なる一般人と、なんてそれこそ俺にとっちゃ恥だ。我慢ならない」

でも、実際その、「単なる会社員で一般人」とつきあっているんじゃないか。

思うが、それは縹なりの気遣いだということがもう、判っていた。なんだかんだ言いつつ、つまりは深水に迷惑をかけたくないということなのだ。頭から否定してはみせたけれど。

「そんなわけで」

縹はこちらを見た。

「きみのおかげで助かった――ただのサラリーマンと深い仲だなんて書きたてられずにすんでね。きみのことを、少し誤解していたかもしれない。喜んで、恋敵の秘密……秘密ともいえないようなものだが……をばらすような、考えの足りないおバカさんかと思っていた。たとえ、それが深水を護るためであったとしても、だ」

「それでわざわざ、こんなところまで来られたんですか」

自分も、縹を誤解していたのかもしれない。

「借りは作りたくない性分なんでね。礼は言ったからね」

脅すような言い方。

「べつに、恩を着せようだなんて思ってないですよ」

「あたりまえだよ」

怒ったように縹は言う。

「俺は、誰の恩も着ないぞ」

子どもだ。

拍子抜けした気持ちで、航太は縹を眺めた。いや、子どもっぽい人だとはもともと思っていたが。

けれど、誰かに助けられて、礼を言えないような小さな人間でもないのだ。

複雑な想いが去来する。そんなに悪い人間じゃない。それが判って、かえって心苦しい。

深水が、縹を愛しているわけではないと、知っているからだ。

愛されてはいないことを、この人は知っているのだろうか。

かといって、高みに立って嗤《わら》うようなことはしないが。根っこの部分では素直で純粋な縹が、傷つくようなことになるのはしのびないというだけだ。

しかし、そのために自分ができることなど、なにもないわけである。

「俺の話はそれだけ——深水とは会ってる？」

急に話題を変えられて、航太はやや焦った。

「や、そんな……バイトも終わったし」

春休みもアルバイトの予定だとは、今この場でこの男には言いたくないような気がした。航太は言葉を濁す。

最後に見た時の、深水の不愉快そうな顔が浮かんだ。

すぐに優しくなったけれど、なんでだかあの時の自分が深水を苛立《いらだ》たせたことはたしかだ。

そんなことを、深水の恋人には言いたくない。

「なんだ。腰抜けだな」

縹はもう、いつもの尊大な顔つきで莫迦にする。

「バイトの間だけの淡い恋だって？　若いのに情けない」

「……。ひとのものには、手出しなんかできません」

きっぱりと言った。

縹は、虚を衝かれた表情になった。

「なんだ。きみは、一夫一婦制度を重んじる者なわけ？　自由恋愛って言葉、知ってる？」

「知ってますけど、そんな……」

「ふーん。潔癖なんだな」

だったら、深水に手出しをしていいというのか。

そんなことにはならないのが判っていて、言っているのだ。そうに違いない。

悪い人じゃないけど、やっぱり意地悪だ。そう、思った。


縹の来訪は、航太に少なからぬ影響を与えた。

いつかは捨てなければならなかった、深水への想い。

それが、今すっぱりと決断しなければならないところへきている。

好きでいたって、しょうがない。

もとから、なんとかなると思っていたわけではない。とはいえ、想い続けていればなにかが手に入ると思っていたふしはないか？　自分にそんな狡さは、ほんとうになかったのか？

あまり向き合いたくない本音。

いつまでも想い続けるだけでもいいのだ。そういう恋もある。

けれど、やっぱりすっぱりあきらめよう。

縹の、意外に律儀で潔癖な面を知ってしまった今は、そう思える。

きれいで才能があって、性格も見た目ほどには悪くない。

深水にふさわしいのは、やっぱりそういう人のほうなんだろう。

今はまだ、誰も愛さない、愛せないと思っているかもしれない深水も、そのうちには縹を本気で受け入れ、思いやるようになるかもしれない――いや、きっとなる。

「悪い人間じゃない」と言ったのは、そもそも深水だ。縹のよさを、ちゃんと判っているのだ。

太刀打ちできない。勝ち目なんてない。

だから。

最後に、ひとつだけ思い出を作ろう。

8

週末の遊園地は、家族連れやカップルで賑《にぎ》わっていた。

「ひさしぶりだなあ、遊園地なんて」

並んで歩いている深水《ふかみ》が、感慨深そうにあたりを眺め回す。

「そんな長いこと、デートしてないんですか？」

その、リラックスした横顔を見上げながら、航太《こうた》はややいたずらっぽく問いかけた。

「遊園地に行こうなんていうデートは、高校時代以来、ないよ」

航太を子どもみたいだと思ったのだろうか。深水は面白がるような顔で答える。

「そもそも、デートなわけ？」

笑いながら、痛いところを衝《つ》いてくる。

その、疑いのないまなざしが辛《つら》くて、航太は「さあ？」とはぐらかした。

深水のことは、きれいにあきらめる。

また二ヶ月後には顔を合わせることになるのだ。その時まで、想いを引きずってはいたくない。

だから、最後に一日だけつきあってもらおう。

行きたいところへ行って、他愛のない会話を愉《たの》しみ、おもいっきりわがままで贅沢《ぜいたく》な時間を、この恋の最後に。

そんな気持ちで、深水に電話をした。

深水は、あっさりと承諾してくれた——航太の気持ちや意図など、深水は知る由もないのだから、特別不審を憶えなくてもまあ、あたりまえなのだが。

だからって、なにも遊園地にしなくても……我ながら、発想力の貧困さに情けなくなる。

もっと、海とか高原とか、ロマンティックな場所はいくらでもあっただろうに。

しかし、そんな場所を指定したら、さすがに深水もヘンに思ったかもしれない。

『明日ヒマなんで、どっか遊びに行きませんか?』

そんな、気軽な誘いに応じて車を駆ってきたら、いきなり『海に行きたい』では、なんなんだという話になったかもしれない。

だから、いいんだ。子どもの遊び場で。

帰りにはゲームセンターに立ち寄るつもりだ。どうせなら、最大限まで呆《あき》れさせてやる。

ジェットコースターにフリーフォール、パイレーツ。

絶叫系の乗り物に次々乗り換える航太に、苦笑いしながらも深水は黙ってついてくる。

もしかして、こういうの苦手だったりして？　そんな弱点を発見できたら、もっと幸せな気持ちになったかもしれないが、幸か不幸か、深水は途中で一回転してしまうようなジェットコースターをも笑顔で乗り切った。

むしろ、航太のほうが気分が悪くなってしまったぐらいだ。

「だいじょうぶ？」

げんなりしてベンチで伸びてしまった航太に、おかしさをかみ殺したような顔で言うと、

「待ってて。なにか冷たいものでも買ってこよう」

踵《きびす》を返した。

なんかすげー、迷惑かけてるって感じ？

そうしようと思ってきたのに、つい気遣ってしまう。深水はほんとうに愉しんでいるのだろうか、などということが気にかかって。

深水さんより、自分の気持ちを最優先するはずだったのに。

「オレンジジュースでよかった？　温かいコーヒーもあるけど」

深水が戻ってきた。

「や、ジュースでいいっす。すいません」

航太は受け取り、ジュースの缶に頰《ほお》を押し当てた。その冷たさが、火照った顔をいい具合にクールダウンさせていく。深水は航太と並んで坐《すわ》り、コーヒーのプルタブを引く。

いつものスーツ姿ではなく、トレーナーにダウンジャケット、下はデニムというういでたちである。

カジュアルな装いを初めて見たが、ぐっと若々しく、とても一回りも上には見えない。

いっそのこと、私服がめちゃくちゃダサいとか、そういうことなら幻滅してきれいにおしまい、ということになったかもしれないのに、深水には隙《すき》がない。そのことが、かえって怨《うら》めしい。

……勝手な言い分だけど。

「そろそろ昼飯にしようか」

それぞれの飲み物を口に運んでいると、深水が提案した。

「あ。はい」

「この中だと、ジャンクっぽいものしかなさそうだな。ハンバーガーとか」

「ハンバーガーでいいですよ」

「そう？　じゃ、移動」

深水は笑って、立ち上がった。

いつもの、穏やかで優しい深水だ。

送別会の夜に最後に見た、どこか近寄りがたい雰囲気をまとった、あの深水はなんだったのだろう。

考えても、しょうがないが。

テラスで、ハンバーガーとポテトをぱくつく。

「試験はどうだった？　無事、四年生になれそう？」

同じようにハンバーガーをかじりながら、深水が問うた。

「まああっす……進級は問題ないと思うけど、成績がいいかどうかは……」

「ぎりぎりでも、受かったことには変わりないぞって？　俺もまあ、似たようなものだったけど」

「え、深水さんは成績とかめちゃめちゃよかったんじゃないんですか？」

航太の言葉に、驚いたように「えっ」と言った。

「誰がそんなこと言ったの？」

「や、誰も……なんとなく、イメージでそんな感じかと思ってただけです」

「困ったなあ」

深水は苦笑した。

「どれだけよく見られてるのか知らないけど、俺は優等生だったことなんてないよ？」

「え、でも……」

一流どころの私大を卒業し、音楽系出版社としては大手の『極東《きょくとう》ミュージック』に入社している。

「学校はほら、幼稚園からエスカレーターってやつだから」

「はあ」

お坊ちゃんだったのか。まあ、そんな感じだ。

「ちゃんと公立から一般入試で立志《りっし》に入った初野《はつの》くんとかキクちゃんのほうが、ずっと優等生だよ」

「そ、そうかな……」

航太は、頭に手をやった。なんにせよ、好きな人から少しでも褒められるというのは、悪い気のするものではない。

「それに、大学時代の半分は、妊娠だ結婚だって騒ぎだったからね。ちっともまじめなんかじゃないよ」

「そ……」

忘れていたわけではなかったのに、深水に自身の口から過去を語らせるような流れに持っていってしまった自分を、航太は呪《のろ》いたくなった。なんなんだよ、この考えなし。

「——全然もてないよりは、いいと思います」

どういうフォローなんだと、自分でも思うが、焦るあまり、ヘンな持ち上げ方をしてしまった。

「初野くんだって、もてなくはないでしょうに」

「や、俺なんかまったく」

「まだ、キクちゃんのお姉さんのことが好きなの？」

恐縮しかかっていた航太は、虚を衝かれてえっと口を噤《つぐ》む。そういえば、深水に対してはそういうことになっていたのだと思い出す。

いもしない亜沙子《あさこ》の姉。恋する自分。

「……好きな人は、変わってないです」

ともかく、それは嘘ではなかった。全体を包む、大きな偽りからは逃れられないとはいえ。

「そうか……いいかげん言っちゃえばいいのに」

なにも知らない深水は、けしかけるようなことを口にする。

「いや、無理ですから」

無理だ。

「なんで」

「ふられるのが、判ってるから」

それも嘘ではない。

「なんだ。彼氏がいるのが、そんなにネックか」

「俺、あんまりそういうの、得意じゃないんで……その、割りこむみたいなのは」

「三角関係とか修羅場とか？　得意だってほうが、少数だろう。なかには、そういうのが大好きだって人間もいるけどね」

「……」

それは、別れた妻が作ったという、愛人の話だろうか。そんなつもりもないのに、古傷をえぐるような真似《まね》をしてしまった。航太は必死に話題を変えようと試みる。

「それよか、今度はあれ乗りませんか？」

だがそんな、三十三歳の社会人の関心をひくような話の種を、二十歳の大学生が持っていようはずはなく、航太は苦し紛れに遠くを指さして胡麻化す。

深水は振り返った。

「観覧車？　いいよ――初野くんが、また具合悪くならなければ」

「だっ、だいじょうぶですよ！　もちろん。ちゃんと、燃料補給もしたし」

航太が口を尖《とが》らせると、愉しそうに笑った。ほっとした。航太はやや照れつつ、ハンバーガーの袋を丸めた。

土曜日のことで、カップル客も多い。並んだ列が、前も後ろもカップルだったので、相席になることもなく、四人掛けのシートに二人で向かい合った。

「愉しそうだなあ」

ゆっくりと地上を離れてゆくゲージの中で、深水は下を見ている。

「え？」

「みんな。デートとか家族サービスとか」

「ああ」

航太も同じように地上を見下ろした。

「愉しそうでむかつくって感じっすか」

「そうは言っていない」

深水は笑う。

「ただ、まあ、いい時代っていうのは誰にでもあるもんだなって」

「そりゃありますよ。そういう時は。深水さんだって――」

言いかけ、また失言に気づいた。

「す、すいません。俺決してそんな意味じゃ」

「いいよ。破れたのも失ったのも、全部俺がいけないんだ。自分でやったことは、自分が背負っていかないとね」

「はあ……」

よけいなことを言わせてしまったみたいだ。

もう自分は、なにも喋《しゃべ》らないほうがいいのではないかと思った。

その考えの通り、しばらく航太は黙った。

観覧車は、ゆっくりと上昇し、頂点に達する。

それから、ゆるやかに下降しはじめた。

深水は、不幸なのだろうか。

その沈黙の中で、航太は思う。

たしかに、幸福とはいえないだろう。過去を引きずって、誰も愛せない今のままでは。

けれど、ちょっと考え方を変えれば——別れた妻だって、新しい夫と子どもとともに、愉しくやっているはずだ。どうして深水だけが、不幸なままでいなければならないのだろう。

そう思ったら、またよけいな口が言っていた。

「深水さんだって、考えようによっては、いくらでも幸せになれるんじゃないですか」

などと。

深水が目を上げた。純粋な疑問が、その目に表れている。

「その……つきあってる人もいるんだし。もちろん、嫌いなわけじゃないですよね？　縹《はなだ》さんのこと」

好きになろうと思えば、それは容易《たやす》いのではないだろうか。

「俺が？　ナナミと？」

深水は、眸《ひとみ》を曇らせた。

その表情を見て、やばいと思った。その名を聞いて、深水はいっそう憂鬱《ゆううつ》をかきたてられたように見える。

「や、まあ、他の人でもいいでしょうけど……」

トーンダウン。

「そうだな」

すると深水は、寂しそうな顔で笑った。

「他の誰かを見つけるしかなさそうだね。今となっては」

「？　それは、その……」

どういう意味なのだろう。

「──別れたんだ。ナナミとは」

次いで耳にした言葉に、航太は目を剝《む》いた。

「えっ？」

「というか、ふられた──他に好きな男ができたんだそうだ」

「そ、そんなっ」

がたんと尻《しり》の下で震動を感じ、ゲージが一周した。

「なんで、そんなこと！」

「知らないよ。あれは浮気者だし、もともと俺のことなんてそんなに──」

「いけません！」

航太は猛然と立ち上がった。

「は、初野くん？」

「そんな、みすみす不幸になっちゃだめです。俺がなんとかします」

「なんとかって、でもナナミのことはもう――っていうか俺にももう」

深水はまだ、なにか叫んでいたみたいだった。

耳を貸さず、航太は開いたドアから一目散に駆け出した。

遊園地を出、駅までの道をやみくもに走る。

深水の目――哀《かな》しそうで。寂しそうで。いつも憂愁に閉ざされているようなあの目。

これ以上、曇らせたくない。

縹に会って、どういうことだか聞かなくては。他に好きな男ができた？　――冗談じゃない。なにをふざけたことをぬかしてるんだ。あんなにべたべたしていたくせに……いや、それは自分へのあてつけだったにしても――縹の口から真相を説明されなければ、納得できない。

駅までひとっ走りし、航太はようやく気がついた。

「どういうことだか説明させる」にしたって、縹の現在地が判らなければ、なにもできないことに。

考えをめぐらせ、おもむろに携帯を取り出す。

「――あ、亜沙子？　お前、縹先生の連絡先知ってる？　ああ？　なんでもいいじゃん。あとで説明するから……」

縹はドアの外に立っているのが航太と知って、たちまち胡乱《うろん》げな顔になった。

「きみか」

吐き捨てるように言う。

「菊池《きくち》が急用だなんていうから、『極東』の原稿のしめきりまで重なったかと思った。びびって損した」

くるりと踵を返す。

都内のホテル。ツインルーム。

「外資系御三家」の一角、高名な都心のラグジュアリーホテルの部屋は、広々として内装もシンプルだが申し分のないものだった。

縹はそこで、新作を執筆中だという。

いわゆる「缶詰め」というやつだ。期日が迫っても脱稿する気配のない作家を、ホテルのワンルームに閉じこめ、ひたすら原稿を書かせる。こまめに連絡の電話を入れ、サボっていないか監視する。

つまり、作家としてはかなり恥ずかしい状態にあるということなのだろう。

だが縹は、

「ちょうどいい。退屈してたところなんだ。ビールでも飲む?」

暢気《のんき》に言い、冷蔵庫を開けてこちらを振り返った。

「……仕事中じゃないんですか」

あまりにリラックスした空気感に、拍子抜けがする。深水と別れたことは、航太にとっては大問題なのであるが、当事者である縹にはべつに屁《へ》のツッパリでもないようだ。

あたりまえといえばあたりまえなその事実に、今さら思い当たって進退窮まる思いだ。

「仕事中だって、喉《のど》は渇くしトイレにも行くし」

テーブルにビールの缶をとんと置き、縹はベッドに腰掛けて自分の手にしたほうを開けた。

ベッドのうち、一台のほうはまったく使用されている形跡がない。折りたたんだパジャマが、いまだに置かれたままの状態だ。

ライティングデスクには、ノートパソコンが開かれ、少なくともまじめに仕事に取り組んでいたようではある。

つまり、新しい男をここに引っ張りこむような真似はしていない、ということだ。

それだけ見て取り、航太はソファに坐った。

「なんで深水さんと別れたんですか?」

単刀直入に問う。

縹は目を見開いた。

「なんでそれを——ってああ、深水に聞いたのか。深水は、そして、今度はきみに接近しはじめたわけだ」

面白くもなさそうに言う。

好きな人ができたから、なんて勝手な言い分でふっておいて、いざ他の男と会われては面白くないというわけか。義憤に燃え上がる。

ちょっとでも、いいところもある人かもしれないなどと思った自分が、莫迦みたいに思えてくる。というか、莫迦だ。騙《だま》された。

「ヘンな言い方はやめて下さい！」

航太は決然とした。

「俺はたしかに深水さんが好きだけど、深水さんは俺なんて、べつにそんな……」

「ふうん」

今度は、面白がるような色が浮上してくる。同じ事実を経た二人で、どうしてこんなに態度に差があるんだ——そのことが、航太には腹立たしい。

それとも——そう。縹は勁《つよ》がっているだけなのだろうか。探るように窺《うかが》うと、

「なんで別れたなんてこと、いちいちきみに報告しなきゃいけないわけ」

縹は鼻を鳴らした。

「そんなこと、それこそ深水に訊《き》きゃいいだろう。彼はなんでも教えてくれるよ？　きっと」

挑発するような顔。

「……他に誰か、できたんですか」

「はあ?」

「好きな人」

どう答えるかで、嘘をついているかどうかが判ると思った。

いったん腹を立てはしたが、あの時校門の前で自分を待っていた縹の気持ちだけは、嘘のあろうはずがない。

「さあねえ。遠い昔のことで、忘れたな」

はぐらかした。

ということは、嘘だ。——ということは?

「あの、『週刊アタック』の記者ですか?」

航太は、ゆっくり口を開いた。

「は?」

「あいつが、深水さんの周りをうろちょろしはじめたから……深水さんに迷惑かけるかもしれないから——だから」

「……」

縹は目を瞠《みは》ったまま、まじまじとこちらを見つめている。

と、思ったら、次の瞬間破裂したかのような甲高い笑い声がはじけた。

「なにを言い出すかと思ったら」

文字通り腹を抱えて、縹は大笑いしている。

航太は、拳《こぶし》をきゅっと握った。

「なにをお涙ちょうだいの浪花節《なにわぶし》みたいなこと言ってんの、この夢見がちさん」

細い指が、目尻《めじり》の涙を拭《ぬぐ》う。

「わ、嗤《わら》うなんて」

「笑わずにいられるか。ビール噴いたらどうしてくれる気だったんだ」

なおお喉の奥をくっくっと鳴らして、肩を震わせている。笑う時はこんな感じなのか……むっとしつつも、愉しそうな縹はそんなに悪くないと思う。

「あのね」

ようやく平静を取り戻して、縹はいつもの、ひとを莫迦にしたような顔つきになった。

「俺と深水に、そこまでの麗しい絆《きずな》なんてないから」

「――って……でも、つきあってて――」

「そんなの、べつにお互い利害が一致すりゃそういうことにもなるさ」

「そういうって」

「だから、セックスするってこと」

「——」

「もともと、その手の店で知り合ったんだしね。深水が編集者だったのは偶然だけど、そこから仕事に繋《つな》がったのはまあ、大人の事情かな」

「そんな軽いつきあいでしか、なかったっていうんですか」

「他のなんだって言うのさ」

　縹は、面白そうに言う。

「誰かひっかけようと思って店に行って、お互いまあまあ好みのタイプだったから寝た。仕事相手にもなったから、いつもより長いつきあいになっちゃったけどさ——早く言えば、飽きたんだよね」

「飽きた、って……だって、深水さんは」

「深水だって、べつだんそんなに俺に入れこんでたわけもない。あいつ、前にいろいろあってね——まともな恋愛なんてできない奴だ」

「！」

　縹は知っていたのか。航太は目を瞠った。

「そんな顔するってことは、きみも知ってるんだね」

　縹は、やや優しげな声になった。

「気の毒だと思ったから、深水にあんまり入れこまないように、さりげなく邪魔してたつもりだったんだけど?」

「ど、どこがさりげないんですか!」

するとこ、自分を深入りさせないために、縹はわざと意地悪をしたと? ――嘘だ。そんなこと、信じられない。

「あのルックスで、性格も穏やかだからもてるけど、あいつは本気で誰かを愛したりできない人間さ。あったかそうに見えても、心の奥底が凍《い》てついてるんだ。誰にもめったに、溶かせない」

溶かそうとしたことが、あるのだろうか。

「まあ、きみが若さとその強引さで直球勝負すれば、あるいは――」

言いかけ、縹は肩をすくめた。

「やめとこう。あんまり期待させてもなんだからね」

「――溶かせなかったから、別れたんですか?」

「しつこいなあ」

美しい顔を歪《ゆが》める。

「俺はそんなんじゃないって言ってんだろ。今は、他に気になる相手もいるしね」

「じゃ、好きな人ができたっていうのは……」

「いつだって、恋はしていたいからね」

飄然《ひょうぜん》と言い、縹は鼻を鳴らした。

「まあ、深水とはそうならなかったけど……あいつ、セックスは上手だぜ？　きみも試してみたら」

「お、俺は」

「厭《いや》だとは言わないと思うよ？　心が凍っていたって、性欲は尽きないらしいから。あ、ガキは相手にされないか」

ふふんと嗤う。

最後まで、悪役でいたいらしかった。言葉や表情の端々に、それだけではない縹の本心が見え隠れするように感じたが——相手はあくまで、認めようとはしないみたいだ。

悄然《しょうぜん》として、航太はホテルを後にした。

頭の中で、縹の言葉がぐるぐる回っている。

ずいぶんと恥ずかしいことも聞いたような気もするし、結局かわされたとも思える。

けれど、縹が深水を切ったことだけは、たしからしい。

その間隙《かんげき》を衝くような真似は、もちろんしたくなかったが、縹に翻意する気がないと判っては、説得を続けたってしょうがない。

——説得する気だったのか、俺。

あらためて考え、ふいに、自分が深水を放り出して突っ走ったことを思い出した。

ど、どうしよう……。

もともと、思い切るための、最初で最後の「デート」だったのだ。

それが、深水が『縹とは別れた』などと言い出すから、なにやら妙な展開になってしまった。

いや、全面的に自分が勝手に暴走しただけである。

とりあえず、遊園地に戻ろうと、のろのろ駅に足を向けた。

まさか、深水がまだ観覧車の中で待っているとは思わないが。

深水からすれば、どうなっているのかさっぱり判らないことだろう。突然、自分を放り出してどこかへ走ってしまった航太を、いったいなんだと思ったか。しかも、航太のほうから誘っておいて、である。

怒ってるかなあ。怒ってはいないかもしれない、優しい人だから。けれど、面食らってはいるだろう。この先顔を合わせることがあったとして、このことをどう説明すれば胡麻化せるのか。

そう考え、胡麻化そうなどとしている自分にはっとした。

ほとほと厭になる。なんだってこう、単細胞なんだろう。

――若さと強引さで直球勝負すれば……。

縹の言葉が脳裏に蘇《よみがえ》り、ぶんぶんと頭を振って追い払った。そんな不純なこと、考えてはいけない。今しなければならないことは、まず深水に謝ることだ。

でも、どうすればと考え、携帯電話の存在にはたと気づいた。取り出し、ちょっと躊躇《ためら》った後、思い切って深水の番号を呼び出した。逃げていても、しようがない。

三度目のコールで、出る気配があった。

『――初野くん？』

「あ、す、すいません、あの俺――」

しどろもどろに言いかけるのを遮って、

『今、どこ？』

穏やかな声が訊《たず》ねる。

「……駅を出たところっすけど」

周りを見回し、目についた高層ホテルの名を言った。

『じゃ、そこで待ってて。迎えに行くから』

「え、でも」

『そうだな。二十分あれば着く』

深水は車だ。あのまま遊園地にいたとしたら、二十分はかからない。

ということは、帰ろうとしていたところだったのかもしれない。それを、わざわざUターンさせた。

申し訳なさに、身が縮む思いだ。

思いのほか早く顔を合わせることとなってしまった。正直に、縹のところへ行ったと言えばいいのだろうか。しかし、縹に会って、説得を試みた結果、縹に深水への恋愛感情がないと確認した、などと言えるだろうか――。

すべて、軽はずみな自分が悪い。罰を受けて当然だ。嫌われても、疎まれてもしかたがない。よけいなことをするなと、叱《しか》られて当然だ。

その場面を想像して、がっくりした。激昂《げっこう》する深水など、想像がつかず、送別会の時に見た、あの剣呑《けんのん》な顔が浮かんだ。あるいは、過去のことを告げた時の、なんとも暗鬱《あんうつ》な表情。

他の人間にあんな顔をされたって、なんとも思わないが、深水がとなると話は別だ。めったに、負の感情を表したりしない人だ。けれど、さすがに気分を害しているだろう。激怒はしなくとも、これだから子どもは、とは思われているに違いない。

その時は、なぜ縹のところへ行ったのかを包み隠さず話そう。自分の気持ちも、そういうことならもう、隠す必要はないのだし。

ホテルの前でうなだれていると、すぐ先でクラクションが鳴った。

深水が、インフィニティの窓から覗《のぞ》いている。

「あ――」

「なんだ、中で待っていればよかったのに」

とたんにかあっと頭の中が熱くなって、組み立てていた科白《せりふ》が、全部飛んでしまった航太に笑いかける。

全然怒っても、気を悪くしてもいない——少なくとも、見える範囲では。

とぼとぼと、航太は車に乗りこんだ。往路は胸を高鳴らせながら坐った助手席に、今はべつの意味でどきどきしながら腰かけている。

「ごめんなさい」

顔を見たら、まず言うはずだったことを、車が走り出してからようやく口にした。

おそるおそる横顔を窺ったが、そこにはなんの意思も表れてはいない。

「突然いなくなるから、驚いた」

静かに言う。

「……すいません」

二度、謝る。

「どうしたの、急に」

さあ来た。心臓が縮みあがった。だが、言わないわけにはいかない。正直になろうと決めたのだ。

「……。縹先生のところに、行ってました」

深水は、驚かなかった。ただ、静かな顔のまま、

「そうじゃないかと思ったよ」

と答える。

「えっ」

航太のほうが、驚いてしまった。

「深水さん、それ、判って……」

「そりゃあ。ナナミと別れたって聞いたとたん、血相変えて飛び出して行かれたら、そう思うよ普通」

深水からすると、知られていないと思うほうがどうかしているらしい。

恥じ入って、下を向く航太に、

「理由を訊いてもいいかな」

やはり訊ねられた。

「……それは」

覚悟はしていたはずなのに、いざ言おうとしたら喉になにかがつっかえたようで、航太は言いよどむ。

「——深水さんが、傷ついてると思ったから……その、ふられてしまって」

「で、ナナミに説教でもしようとしたの？」

深水はどことなく、おかしそうに言う。

「……はあ」

「彼は、なんて言った？」

「そのう……深水さんとは、そんなラブラブじゃなかったっていうか……」

「割り切った、大人の関係だって？」

「……」

「べつにいいよ、そんなに気遣ってくれなくても」

するると、深水はため息をついた。

「実際その通りなんだしね。俺もべつに、未練なんかない」

「で、でも、他に好きな人がって……そんなのは、浮気、っていうか……」

おずおず口を挟んだ航太を、ちらっと見る。

「きみみたいな純情な子からしたら、あまり考えられないことかもしれないけど」

と言った。

「俺たちみたいな奴は、身体だけの関係っていうのも平気なんだ。薄汚い大人にはね」

「そ、そんなっ。薄汚くなんか、ありません！」

思わず勁く、否定してしまった。

「深水さんは――清潔です」

なんと表現していいのか判らず、結局そんな言葉になった。

それを聞くと、深水はぷっと噴き出した。

「わ、笑うなんて……」

さっきの繰り返しだ。縹も深水も、よほど自分のことを子どもだと思っているらしい。なんとなく、腹立たしい――いや、そんなことを思える身分ではないが。

「俺だって、べつにそんな純情でもないし」

ぼそぼそ言い返した。

「そう？」

「ひとの彼女、奪い取ったこともあるし」

「そうなの!?」

あまりに深水が驚くので、航太は、四年前のあの事件のことを、しぶしぶ再現する羽目になる。亜沙子の友達の彼女。彼氏がいるのに、アタックした自分。ばれて迎えた修羅場。亜沙子の怒り。三行半《みくだりはん》と反省。

「……そんなことがあったのか」

航太が話し終えると、深水は大きく息をついた。

「初野くんにも、なかなかの過去があるんだな」

どこか感慨深そうに言う。

「――軽蔑《けいべつ》もんですよね」

航太はもはや、自虐的な気分だった。

「なんで？」

するとと深水は、やや驚いたふうに訊ねた。

「なんでって、だってひとの彼女なの知ってて」

「好きになったんだから、しょうがないじゃないか。それは」

「……深水さんは、俺しか知らないからあれだけど、その彼女とか、もちろんもとの彼氏のことだって傷つけて……俺、最低ですよ」

「うん。そりゃ、俺は初野くんしか知らないから、全面的に初野くんの味方だよ？」

「深水さ……」

「そしてきみも、こんな俺に味方してくれたんだよね？」

それが、「こんなしょうもない俺」と言っているように聞こえたので、航太は立場も忘れて、

「もちろん！」

大きくうなずいた。

「そうか。ならよかった」

「よかった、って……」

よけいな世話を焼いたことは——しかもまったくの無駄だった——赦《ゆる》してもらえるのだろうか。

だが深水は、

「赦すも赦さないも」

あたりまえのように答えた。

「俺は、そんなきみが好きだから、もともと怒ってないし、むしろありがたく思うよ」

「――え?」

しゃらんと、なにか重大な発言がなされたように思う。

「好き、って……」

「ああ、それもライクじゃないから。言っておくけどラブのほうだからね」

耳を疑った。ラブ――LOVE?

深水が、自分を?

「……なんて、気持ち悪かったか。ホモにラブなんて言われたら」

「と、とんでもないです」

わけも判らず、航太は否定していた。

「気持ち悪いなんて言われたら……俺だって、その、好きな人は男だし」

「え?」

今度は、深水が驚く番だった。

「ちょっと待って」

ブレーキを踏み、インフィニティを路肩に停《と》める。

「その……キクちゃんのお姉さんっていうのは、男なの？　――って、そんな話はないか。お姉さんじゃなくて、お兄さんだったわけだ。そうか」

納得しかかるので、航太は必死に止めた。

「ち、違います。亜沙子にお姉ちゃんなんかいないんです」

「え、でも……」

「あの時は、そう言うしかなかったっていうか、亜沙子が勝手に……縹さんがいるのに、俺が深水さんにアタックしないように牽制《けんせい》しただけで」

「――ん？」

深水は、聞き馴《な》れない言葉でも耳にしたかのような表情になる。

「俺にアタックって……、ということはきみ」

「深水さんが好きでした」

こうなったらもう、どうにでもなれだ。航太は両方の手を膝《ひざ》に挟みこみ、下を向いて大声で言った。

「俺、初めて会った時から、なんでか知らないけど深水さんに見惚《みと》れちゃってて……男の人にそんなことってなかったから、ただものすごいイケメンだからそうなるかと思ったけど、亜沙子はそうは思ってなくて、そんで――」

「初野くん、初野くん」

緊張の頂点で、前後の繋がりもなく、ただ言葉が出てくるままに任せる航太を、深水が引き戻す。

肩を摑《つか》み、やや強引に顔を上げさせた。

「それは、過去形、なの？」

「えっ」

「好きでした――って、今はそんなでもないってこと？」

「ち、違います」

航太は周章《あわ》てた。

それが、深水の、いわゆる大人の手管《てくだ》であったこともその時には気づかず、

「それはちょっと、言葉を間違っただけで、俺は今でもずっと深水さんが――」

「じゃ」

深水は笑った。

「両想いだ？」

両想い。

片想いでかまわないと思っていたのに、一方通行じゃなかったんだ。

感動するより混乱で、航太はわけが判らなくなる。

「で、でも、なんで深水さんが俺なんか」

「言っただろう」

深水は、目尻を下げた。

「きみは、おおらかで優しくて、ねじれたところのない、真っ直ぐな人だ」

「で、でも、そんなんで……」

「それは、俺にはないものだ――もちろん、ナナミにも。惹《ひ》かれずにはいられなかった。きみの愉しそうな顔を見ていると、こっちまで幸せな気持ちになってくる。それは、なんでなんだろうと思っていた」

「……お、俺なんかそんな……ひとを幸せにするような要素なんてなにひとつ……」

顔が火照ってくる。航太は目のやり場に困る。

「深水さんはきっと、誤解してます」

「どうして」

「どうしてって……だって、そんなたいした人間じゃないし。俺なんか……む」

最後は、言葉にならなかった。

唇を塞《ふさ》がれて。

航太はぎゅっと目をつぶった。深水の唇が、自分のそれに重なっている。温もりをたしかに感じるのに、夢の中にいるようにふわふわで、実感がわいてこない。

じっと、重ね合わせるだけのキスが、しばらく続く。

「──俺の家に来る？」

唇が離れ、やや掠《かす》れた声で深水が訊ねた。

深い眸……哀愁を帯びて寂しげな、といつも感じていたその目が、今は男の欲望を露《あら》わにしてこちらに注がれている。

それは、けれど決して幻滅するようなものではなかった──むしろ、歓迎すべきだった。

航太は、目を見開いたままうなずいた。


どこをどう通って、深水の部屋までたどり着いたのか、よく憶えていない。

気がついたらベッドの上で、深水と抱き合っていた。

優しい、けれど情熱的なキスが、何度も与えられる。

舌先が歯列を割り、航太のそれを絡めとり、貪《むさぼ》るように吸い上げてゆく。

航太も夢中で、それに応《こた》えた。重なっているのが、深水の身体で、深水の意志により口づけられている……まだ、そのことが信じられず、半分夢の中にいるみたいだ。

けれど、身体の上に感じる重みは、深水のもので、この唇は深水のもので、舌も……髪を撫《な》で上げる手のひらも深水の……と考えると、かつてない昂奮《こうふん》が航太の中で渦巻く。

「ん……」

苦しくなって、頭を逸《そ》らした。それを阻むように頬を固定され、なお深く唇を重ねた。もういっぽうの手は、はだけたシャツの胸を這《は》ってゆく。露わになった胸の尖《とが》りを摘まれ、「あっ」と甲高い声を発してしまった。自分のものじゃないみたいに感じる。今まで聞いたことのないような甘い叫び。

……恥ずかしい。

けれど、身体を重ねるとはこういうことで、恥ずかしい部分も見られたくない箇所も、残らず相手に晒《さら》し合うことだ。

判っているし、経験がないわけでもないけれど、それがかえって――セックスを知っているということを深水に知られることが――羞恥《しゅうち》を煽《あお》るのだ。いっそ、なにも知らないまま来ればよかった。

でも、そのうちに深水のような男と出会うことなど、その頃の自分には予測できなかったわけで……こんなに好きになって、こんなふうに抱かれることを自分が受け入れるということも考えたことがなかったわけで……ああ、だめだ。

つままれた胸の先からじんわり広がる快感が、よけいな考えを押し流してゆく。深水の指は魔術のように巧みに動き、航太を駆り立てる。

「あ、あっ、あ――ん……っ」

航太は身をよじった。ひどく甘い声を上げている。それにもだんだん、馴れてきた。隠しおおせることじゃない。深水の身体、その部位、動き、体温……すべてが、航太を快楽の虜《とりこ》にするのだ。

そのことを、深水もよく知っている。

なだらかな胸に、もういっぽうの手が滑って、両方の乳首を同時につままれた。

「あうっ」

身体に電流が走る。

と、今まで指で弄《いじ》られていたそこに、湿った感触を与えられた。

「あっ、あっ」

片方を指、もう片方を舌で弄《なぶ》られ、続けざまに喘《あえ》ぎが漏れる。

余った手は、下肢へ下りた。

デニムの上から、中心に触れられる。

そこは既に、硬く痼《しこ》っているのが判る。

胸への愛撫《あいぶ》だけで容易く感じ、勃《た》ってしまっているのが。

たしかめるようにやわやわと揉《も》まれると、やはり耳の奥まで熱くなった。

でも……。

深水の身体にだって、変化が起きている。腿《もも》に当たるその感触で、判っている。

その熱が、自分によって与えられたものだと感じれば、羞恥よりも悦《よろこ》びが勝った。

「あ……」

深水の指が前を開き、下着をくぐってくる。

「ん……っ」

じかに触れられると、そこは烈《はげ》しく反応した。

「もう硬くなってる」

深水が胸から顔を上げ、いたずらっぽい微笑《ほほえ》みを投げた。

「……深水さんだって——」

「そうだよ。そりゃそうさ」

深水は伸び上がり、航太の耳朶《じだ》を噛《か》んだ。

「好きな相手としてるんだから、感じないほうがどうかしている……」

背筋がぞくぞくするような、甘い囁《ささや》き。

「んな……っ」

反則だ。その一言だけでも、弱い部分がまたぴくりと反応してしまったではないか。手のひらで包んでいる深水にも、それが伝わらないはずがない。

「う……んん、んっ、あ、はあ……」

航太の官能を掘り起こすように、煽るように、狡猾《こうかつ》な指が茎を扱《しご》きたて、昂《たか》ぶりの先から溢《あふ》れた滴を掬《すく》った。深水はセックスが巧い、という縹の言葉を、航太は突然思い出した。

悔しさと焦りの入り交じった、焼けつくような感情がこみ上げてくる。

この愛撫を味わった人間は、何人いるんだろう……。

知っているだけでも、前妻、縹がいる。そしてその店で知り合った、航太の知らない相手……。

だが、そんな小さな嫉妬《しっと》も、やがてどこかへ去ってしまった。

ぬめりを指にとり、深水はそれを航太の後孔へなすったから――。

「あうっ」

そこは、未知の部分だった。

もちろん、男同士がそこで繋がることは判っている。この部屋に来た時から、拒むつもりもなかった。

だが、知識として知っている、というのと実際そうなることはやはり違う。戸惑いが航太を包む。深水の指が、さらに奥を穿《うが》つ。

「ああ、あんっ」

とたんに鋭い快感が背骨を貫き、航太はひときわ高い声を放った。

前がぴんと勃ち上がったのが判る。

なに……これ？

「ここが感じるんだね」

深水は、探るようになお、同じ場所で指を蠢《うごめ》かした。

「あ、ああ、だ、だめ……っ」

肉壁を擦《こす》られ、二度、三度と蕩《とろ》けるような感覚が下腹を襲う。

「少しだけ我慢して」

すぐにも射精しそうになるのを、深水が根元を握ってせき止めた。

「きみとひとつになりたい」

真剣な目が、上から覗きこんでいる。

「う、うん」

そうなれば、航太も真摯《しんし》に向き合わないわけにはいかない。

「俺も。俺も、深水さんとひとつになりたい……」

「怖くない？」

「だいじょうぶ。深水さんとなら」

ふっと笑い、深水は航太の膝裏に手を差しこんだ。

そのまま抱え上げられる。足を開かされ、ほとんど胸にくっつくような形になった。

あの場所を、深水に見られている。

自分でだって、見たことのない部分を。

それだけで、耳がもげてしまいそうになるくらい恥ずかしく、いたたまれないような気分になった。

それでいて、見つめられると思うだけでひどく昂ぶってしまい、内側から濡《ぬ》れてしまいそうな錯覚にさえ陥る。

深水が、薄い肉を摑んで分けた。

開かれた箇所に、怒張の先端が押し当てられる。

深水の昂ぶり、深水の欲望、深水の雄が。

「あ——うっ」

肉が裂かれるような痛みが、航太を見舞う。思わず手を伸ばし、深水の肩にすがりつく。

「痛い？　ごめん、でももう少し……」

深水がさらに、奥まで押し入ってくる。

態度や言葉を裏切るかのような、野蛮な動き、野蛮な熱。

「う……ううっ」

目尻から溢れ出した涙が、こめかみを伝っていった。

それを掬い上げる、深水の指先。

「——挿入《はい》った」

囁く。

航太は目をつぶり、何度となくうなずいた。

深水とひとつになっている。

そう意識することで生まれる、充足感。

それは、今までの苦しかった片想いを帳消しにしてゆくもので――痛くても、辛くても、かまうものかという気にさえなる。

――と、同時に、苦痛だけではない感覚が、内奥で芽生えていた。

さっき指で刺戟された箇所が、疼《うず》いている。

「……いい？」

「ん……」

抽挿していいかという確認なのだろう。

そんなの、わざわざ訊かなくていいのに。

もっと乱暴に、蹂躙《じゅうりん》してしまってかまわないのに。

深水の気遣いが、くすぐったい。

「いいよ……動いて」

航太は深水の背に腕を回した。

だが、そんな余裕も、いざ深水が動き始めるとすぐに、底をつく。

はじめはなだらかに、やがて烈しく、深水は航太を揺さぶった。

「あ、ああ、あっ、あん……ああ、あ――んっ」

抽挿のたび、感じる部位を逞《たくま》しく熱したものが突き上げる。

それは目もくらむばかりの快感で、航太はやがて、しゃがれた喘ぎ声をただ上げるだけになった。

「あう、う、んん……だめ、だ、だめ……」

下腹部で、射精感が切なく渦を巻いている。

「それいじょ、したら……で、出る……出ちゃう……」

「出していいよ──航太、俺もきみの中でイっていい？」

「ん……イって……ああ、いっぱい出して……全部──」

自分でも驚くほどの淫語《いんご》が、口をついて出てくる。

揺すり上げる動きが、速度を増した。

航太も爆発寸前だ。

「あ──ああ──っ」

腰をくねらせ、航太はきわまった。

ほとんど同時に、内奥で熱い迸《ほとばし》りを感じる。

「深水さ……」

堕ちてくる男の身体を、下からしっかり抱きしめた。

そのまま、二人、ぴったりと重なったまましばらくじっとする。

上下する胸、荒い息。互いの鼓動を、感じ合いながら。

ややあって、深水が動いた。

身体をずらし、航太の下腹に舌を這わせる。

「んんっ」

臍《へそ》のくぼみを舌先で撫でられ、出したばかりで敏感になっている前がまた反応した。

深水は、すると、それをぱくりと咥《くわ》えこんだ。

「――！　や、深水さん……っ」

やや焦って、航太は叫んだ。

「残ってるから」

深水は上目に笑い、そのまま舌をからめ、尿道に残っていた航太の精液を啜りこんでしまった。

「あ……んっ」

ひどく淫蕩《いんとう》な気分で、航太はしばらくそのままぐったりとした。

はっとして、

「お、俺も……っ」

残しているのは、自分だけじゃないことを思い出す。

「いいよ、きみはそんなこと、しなくていい」

深水は、航太を押しとどめた。

「だって……」

「今日はいい――そのうち、たっぷりしてもらうから」

深水は言い、いたずらっぽい笑みを浮かべた。

「……」

互いの目を見つめるうち、どちらからともなく顔を近づけた。

深水の舌から、航太は自分の味を受け取り――いつか自分がそうする場面を想像して、一人で熱くなってしまった。

Charaキャラ文庫 愛読者アンケート

◆この本を最初に何でお知りになりましたか。
①書店で見て ②雑誌広告(誌名)
③紹介記事(誌名)
④Charaのホームページで ⑤Charaのメールマガジンで
⑥その他( )

◆この本をお買いになった理由をお教え下さい。
①著者のファンだった ②イラストレーターのファンだった ③タイトルを見て
④カバー・装丁を見て ⑤雑誌掲載時から好きだった ⑥内容紹介を見て
⑦帯を見て ⑧広告を見て ⑨前巻が面白かったから
⑩インターネットを見て ⑪その他( )

◆あなたが必ず買うと決めている小説家は誰ですか？
[ ]

◆あなたがお好きなイラストレーター、マンガ家をお教え下さい。
[ ]

◆キャラ文庫で今後読みたいジャンルをお教え下さい。
[ ]

◆カバー・装丁の感想をお教え下さい。
①良かった ②普通 ③あまり良くなかった
理由[ ]

◆この本をお読みになってのご意見、ご感想をお聞かせ下さい。
①良かった ②普通 ③あまり面白くなかった
理由[ ]

ご協力ありがとうございました。

POSTCARD

50円切手を
貼ってね！

105-8055

東京都港区芝大門2-2-1
㈱徳間書店
キャラ文庫 愛読者 係

徳間書店Charaレーベルをお買い上げいただき、ありがとうございました。このアンケートにお答えいただいた方から抽選で、Chara特製オリジナル図書カードをプレゼントいたします。締切は2009年3月31日（当日消印有効）です。ふるってご応募下さい。なお、当選者の発表は発送をもってかえさせていただきます。

ご購入書籍タイトル	
《いつも購入している小説誌をお教え下さい。》 1.小説Chara　2.小説アクア　3.小説Wings　4.小説ショコラ 5.小説Dear+　6.小説花丸　7.小説b-Boy　8.小説リンクス 9.The Ruby　10.その他（　　　）	

住所	〒□□□-□□□□ 都道府県		
フリガナ 氏名		年齢　　歳	女・男
職業	①小学生　②中学生　③高校生　④大学生　⑤専門学校生　⑥会社員 ⑦公務員　⑧主婦　⑨アルバイト　⑩その他（　　　）		

※このハガキのアンケートは今後の企画の参考にさせていただきます。ご記入いただいた個人情報は当選した賞品の発送以外では利用しません。

9

「おはようございまっすー」

キャップを脱ぎながら営業部のフロアに入る。

「おー、来たか」

正面のデスクに着いていた柏木が、航太を見て手を上げた。

「はいっ。今日からまた、お世話になります」

「うん。期待している」

「は？　なにを、ですか」

「初ちゃんの大ボケに決まってんじゃん」

青野が後ろから、紙束で航太の頭をはたいた。

「さっそくだけど、これ十五部ずつ。セットしたら、編集部に届けて。午後の会議に間に合うように」

「はっ、はい……っていうか、大ボケ？」

受け取り、航太は訊き返す。労働のほうで期待されているのではないと知り、がっくりした。

「もちろん、仕事も期待してるわよ」

進藤がフォローしたが、いかにも気の毒そうに言われたので、なおへこんでしまった。

「初ちゃんには、物心両面での貢献が期待されてるってことさ」

柏木が腕を組み、のほほんと言った。

「物心……両面……」

それでも気を取り直し、コピー機へ向かう。

春休みに入り、ふたたび極東ミュージック営業部でアルバイトを再開した航太である。

今年は就職の年だが、もしよければ、うちを受けてみないか？　というような話を、柏木から打診された。

もしそうなったら、ほんとうに深水と同じ会社で働くことになる。

プライベートでもデートしているけれど、深水の仕事が終わってからだから、半日は会えない。

けれど、ここに就職すれば、一日中いっしょにいられるわけだ。

いや、顔を見る機会は、あんまりないかもしれないけど――。

もちろんそれだけが理由ではないが、ほんとうに入社できればと希望している。今はお使いとコピー取りが主な業務だが、進藤や青野がやっているような書店営業の仕事なんかも、やってみたい。

柏木の肩を、がっくり落とさせるような失敗も、そりゃあするかもしれない……いや、するだろうが。必ず。

「なにニヤついてんのよ」

できあがった資料を抱えて編集部へ上がってゆくと、亜沙子がめざとく見つけて、近づいてきた。

「べ、べつにぃ？　これ、菰田《こもだ》編集長さんに」

言いながら、航太の視線は菰田のデスクの前で、なにか話し合っている深水の上に吸い寄せられる。

「ほんとの目的は、他にあるくせに」

亜沙子が、囁くような小さな声で言った。

「な、なんだよ？」

「べつにぃ？」

航太の口調をそっくり真似ると、

「お茶でも飲まない？　おごるよ」

「なんでもいいけど、お前、たまには学校に来いよな」

「あ、ノート。あとでいいからさ」

亜沙子は思い出したように言う。

「ちょっと休憩してきまーす」

振り返って声をかけると、深水がこちらを見た。

初めて気づいたみたいな顔をしているけれど、実は入った時から知っている。ちょっと振り返って、一瞬だけ視線を交わし合った。

それだけで、じゅうぶん以上の幸せを感じている。自分なんて、こんなものだ。

「ほんっと、あんたって子は、結局欲しいものは手に入れちゃうんだもんねえ」

休憩コーナーで、言葉通り航太の分もホットココアを買ってくると、亜沙子は紙コップを前に置いた。

「べ、べつに奪い取ったわけじゃないもん」

「判ってるけど。つくづく得な性格よねえ。あたしも、そんなふうにずうずうしくなりたいな」

「お前、好きな人いんのか?」

前から気になっていたことを、また訊ねると、肩を竦《すく》めて、

「さあ、どうでしょ――きたわよ、ダーリンが」

どきっとした。深水が、エレベーターのほうから現れたところだった。

が、その後ろによけいな人物の姿を認め、浮き立ちかけた気分がしゅわっとしぼんだ。

「どうも。その節は」

　縹が、意味ありげな目でこちらを見ている。

「こ、こんちは。今日からまたバイトすることになりました」

　いちおう立ち上がって、頭を下げる。

「そうなんだってね。このまま、ここで勤めちゃったほうがいいんじゃないの、きみ。そんなに好きなら」

「はいっ。そうなればいいと思ってます――え？」

　厭味を言われたことには、元気よく答えてしまってから気づいた。深水が苦笑している。

「――ふん。得な性分だよな」

　縹は、亜沙子と同じことを言った。

「まあいいや。今日、みんなで飲もうって話なんだけど、きみらも来る？　ああ、きみは来るよな」

　え、と思った。バイト再開を祝して、今日は深水と食事に行く予定だったのだが。

　見れば、深水は複雑な表情を浮かべている。目が合うと、「しょうがないよ」というふうに肩を竦めてみせた。

「はい。喜んで参加します」

　その顔を見ずとも、こんなところでごねるわけにはいかない。邪魔しようとしているらしい縹の、ねじくれた思考回路もまあ、よしとする。

「キクちゃんは？」

穏やかに、深水。

「あたしは……どうしよっかなー」

「私も参加していいかな？」

新しい声が、割りこんだ。

「か、柏木さん」

縹がなぜか、周章てた顔になる。

「もちろん、どうぞ」

今までのつんけんした態度はなんだったんだと言いたくなるほど、紳士的に受け入れるのと、

「――行きます」

と、亜沙子が即答するのとほとんど同じタイミングだった。

え？　と、航太は二人を交互に見やる。

「愉しみだねえ。なあ、深水くん」

暢気《のんき》に腕を組む柏木を挟んで、一瞬、火花が散ったように感じたのは、気のせいか？

――気のせいであってほしい。この上、ひとの厄介な恋愛レースになど、巻きこまれたくない。

「愉しみだねえ、若い人たちは。初ちゃんも戻ってきてくれたし、世はなべてこともなし、だ」

当の柏木だけが、なにも気づいていない。

「――や、なんか波乱は、あるような気がするっす」

なにか一言、挟まずにはいられなかった。航太は懸念する。

すると、

「あんたはいいの、幸せなんだから」

「きみは関係ないだろ、残り物同士でうまくやれば」

やっぱり二人から、同時につっこまれてしまった。

深水がくすっと笑い……笑ってる場合かよと、航太は、今夜を機に始まりそうな果てしのない闘いに思いを馳《は》せ……でもまあ、俺は幸せなんだからそれでいいかと考え直した。

いや、みんなが幸せなのが、それは一番だと思うけど。

とりあえず、目の前の恋愛バトルにおいては、どちらかが、あるいは両方が、必ず敗れ去ることになる。

柏木はノーマルだろうから、結局繧が一敗地にまみれるのかもしれない。

それは、哀しいことだけど。恋を失う辛さも、身をもって知ってはいるけれど。

誰も愛さない、誰からも愛されないよりは、きっと幸せな人生なはず。

そういう自分はどうなんだと思ったけれど、とりあえず今は、一点の曇りもない恋愛をしているわけで。

この先、どうなるかは誰にも判らない。

厭なこともあるかもしれない。しかし、そんなこともなんでもないと、今は思えるわけで。

こっそり深水にサインを送る。

深水は気づいて、目で応じた。

自分だけ幸せなのはずるいと思いはするものの、やはりこの幸福感には、抗《あらが》えるものではなかった。

あとがき

ってなわけで、あとがきです。ここまでおつきあいいただきまして、誠にありがとうございました&あけましておめでとうございます。といっても、この本が出る頃は、とうに松の内も過ぎて、正月気分どころじゃなくなっているかとは思いますが。今年もよろしくお願いいたします……とこう書いている今も、クリスマスすら来ていないじゃん！　という感想しかないわけですが。

とはいえ、年末気分というのはあるので、今日はガラス拭き用の洗剤を買ってきました。常日頃からきれいにしていれば、年の瀬だからといって、周章てて掃除しなくてもすむんですが。そこは無精な私のこと、窓もパソコン周りも埃だらけです。……窓はともかく、パソコンはこまめに掃除しないとまずいかも。今年で六年目に入る、我が愛機。パソコンの寿命はだいたい五年と聞いていますが、CDが使えなくなったことを除けば、まだまだいけそうです。原稿書いてメールやってネットサーフィン……毎日、半日ぐらいはパソコンの前にいるような気がするのですが、なかなかしぶといです。いや、毀《こわ》れろといっているのではありません。むしろ、もっとがんばっていただかなくては。今やキーボードもつるつるで、文字はすっかり消えました。期せずしてブラインドタッチ！　でもイカれない……誠に頼もしい相棒です。

最近、外で仕事をすることが多いです。飽きっぽい性格なので、毎日同じ場所で仕事していると、だんだん厭気がさしてくる。そこで、気候のいいシーズンならベランダにデッキチェアを出したり、暑すぎたり寒すぎたりする時期には、近所のファミレスに行ったり。

八割方はここへ行くという、和風ファミレスがあるんですが、どうもここの皆さんには薄々素性が知れてるらしいような節が最近ひしひしと。まあ、真っ昼間からジャージ姿で一心不乱にパソコン叩いているような女は、どうみたってカタギの勤め人であるはずがありません。せめて、さらなる詳しい情報を与えないよう、仕事中は決して席を立たないように気をつけているのでした……まさか店員さんが盗み見るとは思ってはいませんが、念のため。

仕事が一段落したら、一杯やるのが日常です。ダイエット中につき、つまみはお新香程度ですが、真っ昼間、時には朝から冷酒を飲んでいるような女は、カタギの勤め人（略）。

今回も、本を出すにあたっては、多くの方のお力を借りております。いつもお世話になっている、光廣さんをはじめとする徳間書店のスタッフの皆様、麗しいイラストを描いて下さった汞《みずかね》りょう様、どうもありがとうございました。

お読み下さった皆様にも、もちろん深謝いたします。今年がよい年でありますよう、ってまだ今年になってないけど。笑。皆様のご多幸を祈りつつ、筆を置かせていただきます。

この本を読んでのご意見、ご感想を編集部までお寄せください。
《あて先》〒105－8055　東京都港区芝大門2－2－1　徳間書店　キャラ編集部気付
「他人の彼氏」係

■初出一覧
他人の彼氏……書き下ろし

Chara

他人の彼氏

キャラ文庫

2009年1月31日　初刷

著者　榊　花月
発行者　吉田勝彦
発行所　株式会社徳間書店
〒105-8055　東京都港区芝大門2-2-1
電話048-451-5960(販売部)
03-5403-4348(編集部)
振替00140-0-44392

印刷　図書印刷株式会社
製本　株式会社宮本製本所
カバー・口絵　近代美術株式会社
デザイン　久保宏夏

ISBN978-4-19-900508-4

好評発売中

榊 花月の本
【つばめハイツ102号室】
イラスト◆富士山ひょうた

両親の渡英で、高校生にしてアパートの管理人になった椎名《しいな》。店子《たなこ》は漫画家にホストと曲者ぞろい。なかでも厄介なのが、高校教師の若生《わこう》——なんと椎名の担任だ。学校では生徒の信頼も厚いのに、毎晩椎名の部屋に入り浸っては、椎名に手料理を強要する。「椎名はいいお嫁さんになれるぞ」学校とは違う顔を見せる若生に、次第に惹かれていく椎名だけど…!?　先生×生徒の一つ屋根の下の恋♥

好評発売中

榊 花月の本
【狼の柔らかな心臓】
イラスト◆亜樹良のりかず

難航する湾岸開発計画の交渉相手は厄介なヤクザ!?　国土交通省の若きエリート・郁《いく》が折衝に臨んだのは、ヤクザの筆頭・椿本《つばきもと》——郁の大学弓道部の先輩で、密かに憧れていた男だった。ストイックで清冽だった椿本は、今や眼光鋭く威圧感漂う男に豹変!!「お前が俺という男を知らなかっただけだ」と、驚く郁を平然と組み敷いて…!?　ヤクザの若頭×エリート官僚のハードLOVE!!

好評発売中

榊 花月の本
【冷ややかな熱情】
イラスト◆サクラサクヤ

「あなたは俺に逆らうことはできないんですよ」密かな片想いを見破られた日から、会社の後輩・堂島《どうじま》に抱かれるようになった史季《ふみき》。堂島は気まぐれに身体を求めてきては、史季を心ごと陵辱する。こんなに冷淡で不遜な男に、どうして惹かれるのを止められないんだろう…。想いを断ち切るように堂島を避け始めた史季。けれどその途端、なぜか苛立つ堂島は執着を露にするようになり!?